陈永明文艺作品选

大雪无痕

陈永明◎著

**雪，很神奇。**

在纷纷扬扬间，在悄然无声中，可以将天地装扮得银装素裹，宛如琼玉世界。貌似冰封，但厚厚的雪层下却孕育着春的消息。

中国文联出版社
http://www.clapnet.cn

图书在版编目（CIP）数据

大雪无痕 / 陈永明著. -- 北京：中国文联出版社，
2016.7

ISBN 978 - 7 - 5190 - 1857 - 3

Ⅰ.①大… Ⅱ.①陈… Ⅲ.①中国文学—当代文学—
作品综合集 Ⅳ.①I217.2

中国版本图书馆 CIP 数据核字（2016）第 178803 号

## 大雪无痕

作　　者：陈永明

出 版 人：朱　庆

终 审 人：奚耀华　　　　　　　复 审 人：蒋爱民

责任编辑：胡　笋　贺　希　　　责任校对：傅泉泽

封面设计：中联华文　　　　　　责任印制：陈　晨

出版发行：中国文联出版社

地　　址：北京市朝阳区农展馆南里 10 号，100125

电　　话：010 - 85923039（咨询）85923000（编务）85923020（邮购）

传　　真：010 - 85923000（总编室），010 - 85923020（发行部）

网　　址：http：//www.clapnet.cn　　http：//www.claplus.cn

E - mail：clap@ clapnet.cn　　hus@ clapnet.cn

印　　刷：北京天正元印务有限公司

装　　订：北京天正元印务有限公司

法律顾问：北京天驰君泰律师事务所徐波律师

本书如有破损、缺页、装订错误，请与本社联系调换

开　　本：710 × 1000　　　　　1/16

字　　数：287 千字　　　　　　印　张：17

版　　次：2016 年 7 月第 1 版　　印　次：2016 年 7 月第 1 次印刷

书　　号：ISBN 978 - 7 - 5190 - 1857 - 3

定　　价：55.00 元

# "无痕"的联想

陆伦章

动笔之前,我一直在想,若有人问我,我跟这本书稿,与书稿的作者是什么关系?想来想去,想到了我们都是从故乡出发,有相似的经历又同怀梦想的人。

我曾是农村的一名业余作者,在文化馆站老师们的悉心辅导下成为了一名专业编剧。没有那些年文化馆老师们的指导和付出,也就没有今天的我。永明从学习沪剧表演开始到1992年先后任新毛文化站站长,城厢镇文化站站长,太仓文化馆馆长至今,已是三十多个春秋。不管在哪个岗位上,永明始终耕耘在群文化工作第一线,脚踏实地,一步一个脚印。

太仓,一片钟灵毓秀的江海热土。全市六镇二区按照"一镇一品"、"一镇多品"的发展战略,充分发挥各自特色和优势,形成了各自享誉四方的文化活动品牌。太仓的龙狮滚灯参与上海世博会演出100余场次,并在全国、省市会演中屡屡获奖。作为国家级首批非遗保护项目,太仓的江南丝竹曾多次出访欧洲、新加坡、港台等地区,享誉海内外。太仓分别被文化部命名为中国民间文化艺术的江南丝竹之乡、书画之乡、戏曲之乡、民乐之乡、龙狮之乡等称号。太仓公共文化服务营造了江海之滨的和谐神韵,构建了文化惠民的共享舞台。

实现文化小康,主要任务在农村,在基层。基层文化建设,重在服务到人,有效有用。要强化有效性,着力推动基层文化服务方式创新,打通公共文化服务最后一公里。

在他的倡导下,在长三角都有着广泛影响力的免费开放固定栏目——

"娄东戏台"已经举办了100多期,和"舞林会友"、"太仓乐坛"、"新太仓人子女免费艺术培训班"等,都是太仓文化馆办得欣欣向荣的文化栏目。尤为突出的是文化养老这一块工作卓有成效,举办了"文化养老艺术节",太仓市获评全国文化养老示范基地。这中间,他具体策划了"文化养老与公共文化服务全国交流会",并完成了课题研究。策划、完善了政府层面购买公共文化服务产品的制度设计,把优质的文艺产品送到全市的社区、村头。全市业余文艺团队"百团大展演"已连续举办八届,获评"江苏省五星工程奖"服务项目奖。永明本人也荣获江苏省第十一届"五星工程奖·群文之星"。

提早上班、延迟下班,周末加班……在全市大大小小的群众文化活动中经常能看到他忙碌的身影。到镇、村、社区策划文化活动开展文艺辅导,为业余文艺团队开办艺术培训讲座……年年计划满满,岁岁忙忙碌碌,"这是群文工作者的责任",永明如是说。

面对使命和责任,他不断转换站立的位置、探究的视角和观察的方法,永明的耕耘园地五彩缤纷。从城到乡,从编到导;如第三、四、六届"娄东之春"艺术节,"德中同行"太仓周开幕式文艺演出,郑和航海文化节,"为太仓喝彩"改革开放30周年暨太仓撤县建市15周年大型文艺演出,2010年上海世博会太仓系列文化活动,2014中国长三角滚灯艺术大展演,"幸福娄城·灿烂夕阳"2014太仓市文化养老艺术节系列活动,"名家与名票同台——娄东戏台100期"戏曲专场等市级层面的大型文化活动中,都是由他担任总导演。

大雪无痕。雪,很神奇。

它可以在纷纷扬扬间,在悄然无声中,将天地变得银装素裹,宛如琼玉世界。貌似冰封,但厚厚的雪层下却孕育着春的消息。

我联想到"润物细无声",联想到《大雪无痕》这个书名,"无痕"包含了对事业的执念和默默奉献,如厚厚的雪层,一切都包涵在它的美丽之中。

读完书稿,掩卷长思,心潮难平。

从学戏唱戏到编剧导演,一路摸爬,一路前行,永明在艰辛中体味着丝丝收获的喜悦。沪剧小戏《送礼路上》、《抬头又见》、《风雨过后是阳光》、《老板挑担》;戏剧小品《让我送送你》、《开心农场》等等,这些作品都在省市的小戏小品比赛中获奖。这一件件作品,在"无痕"的冰雪世界里,又化作一个个跳跃的音符,低语回肠。

由永明担任艺术指导的丝竹与爵士乐《风筝艳》,广场舞《华灯辉映》、《童狮共舞》分获江苏省第十一届"五星工程奖"金奖和银奖;执导的戏剧小品《打针》获江"苏省第八届戏剧奖·小戏小品大赛"金奖、最佳导演奖,并在"第六届全国小戏小品展演"中获优秀剧目奖。

群众文艺创作,只有扎得深才容易出彩。作品获奖只是搞好群众文艺的第一步,群众文艺的落脚点,还是要让更多的人能够经常性地欣赏到这些优秀作品。太仓群众文化惠民之上所以能做出成效,正是做到了创作和演出两手抓,坚持发展共享,这是党的十八届五中全会提出的"五大发展理念"之一。文化惠民,也是落实共享理念的一项非常重要的内容。

读永明的作品,有一股天然朴质的清新气息。无论是《大雪无痕》在年三十的一个公交候车亭里透出的淡淡禅意;《老板挑担》中脱贫致富的菜农巧珍对老书记念念不忘的感恩之情;《开心农场》折射的虚拟世界与现实生活饶有情趣的碰撞和融合……这些作品虽然没有都达到精品力作的高度,但个个都是"接地气,正能量"的倾心之作。他的可贵之处在于不矫饰,每一篇作品皆非率尔操觚,故弄玄虚,他深知群众文艺的演出市场要靠群众的支持来激活,作品的水平也要靠群众的检验来提升,他深知金杯银杯不如群众的口碑。

当然,在阅读中我也看到了一位文化干部在面对若干专业问题时的某些疏漏与游移。但毫无疑问的是,我感受最多的是永明的辛劳、投入和多才多艺,除了创作小戏小品,他还创作了音乐快板《读报知未来》、表演唱《爱满娄城》、《城管人是我们的城管家》、音乐小品《改革开放天地宽》、《豪情税月》,歌曲《美丽金太仓》、《东方之仓》等,其中《梦里家园》获中共太仓市委宣传部"中国梦·太仓梦·我的梦"文艺作品征集评比一等奖。

有些日子,他会在夜深人静时给我谈题材,谈修改,谈退休的老同志,谈招聘的新编导。因为七八十年代我在苏州地区文化局创作组工作过,对太仓专业和群文的编导都熟悉。谈来谈去,给我印象最深的也是他可贵的,是他的不忘初心。他始终跟他的师友,跟生养他的这土地和乡亲,保持零距离,他始终相信,只有生活,能给他的创作提供养分。永明是生活的践行者,也是生活的拾贝者。他热切地爱着长长短短的岁月,诚挚地爱着远远近近的人们。

在永明身上,编导与馆长的身份是相融为一体的。他的着力点,是增强为基层服务的贴近性,把群众"要文化"和我们"送文化"、"种文化"匹配起来,以基层为重点,推进综合性文化服务中心建设,着力夯实公共文化阵地。一路走一路探索实践,从血气方刚到鬓生花发,每一个足迹都蓄满向往与追求,为着自己也为这份事业,构筑一道不敢自诩灿烂,却也不失靓丽的风景。

群众文艺是一门学问,对永明来说,群文创作也是一种生活方式。我发现,在他眼里,戏剧其实是从世俗、平庸、琐碎中发现文明、愉悦和希望。这些慰藉着他的心田,影响着他的生活,激励着他的追求。于是,孜孜矻矻、执念于无痕的投入,永远不会改变。

2016 年 1 月 10 日

（作者系苏州市戏剧家协会名誉主席、国家一级编剧）

# 目　录
## CONTENTS

# 01

## | 戏 剧 |

沪剧小戏

# 老板挑担

时间：现代

地点：乡村道上

人物：巧珍、金生

[喜鹊声声，知了低鸣，幕在欢快的音乐声中启。

[巧珍手撑阳伞欢快轻盈地上。

巧珍　　（唱）六月艳阳分外娇，

农村一派好丰兆。

今日是，老镇长七十寿庆日，

夫妻俩，上门送礼情义表。

（白）金生，（发觉丈夫没跟上，向内喊）金生——，侬快点呀！

金生　　（内应）啊呀，来了——！（金生挑着礼担，无精打采慢悠悠地上。）

（唱）六月里日头似火烧，

照得我心烦意乱真难熬。

巧珍她要我陪送礼。

心里头无奈好无聊。

巧珍　　（接唱）往日你，肩挑重担脚头轻，

今为何，如老牛打水慢道道？

金生　　（接唱）今日我，胸闷气短少精神，

你偏要，硬将鸭子赶上轿。

巧珍　　（接唱）说什么胸闷气短少精神，

分明是，还为送礼来计较。

金生　（歇担）啥格计较勿计较，挑了担子在路上颠发颠发，人力当狗力！

巧珍　是侬作梗呀，我说开汽车侬说坏脱了，格么只好侬自己挑了呀。

金生　啥格时代了？城乡一体化，农民变市民，处处讲文明。人家七十岁生日发个伊妹儿祝贺一下么可以了，侬偏偏硬劲要大担小担的送礼！

巧珍　送礼哪能了？一是规矩，二表心意。喔唷，泥腿子变成总经理了，架子搭足，牢骚满腹！哪能？老板了，挑担子失面子了？告诉侬，今朝给老镇长送礼是头等大事。现在赶快给我挑担，赶路！侬要是再推三托四，今朝夜里侬给我睡沙发，要是侬爬到床上来啊，我一脚踢你到海南岛！

金生　喔唷，老夫老妻还搬出这一套。好，好！我挑，我挑！

巧珍　那侬快点呀！

　　　〔金生挑起担子，俩人圆场。

金生　（唱）挑起担子起步行。

巧珍　（唱）总算牵住了牛鼻绳。

金生　（唱）十里荷塘香飘飘。

巧珍　（唱）蛙鸣蝉唱闹盈盈。

金生　（唱）拐弯穿过生态园，
　　　　　　烈日当空汗涔涔。

巧珍　（唱）转眼来到永安桥，
　　　　　　问金生，往事是否印象深？

金生　（唱）风雨缥渺世变迁，
　　　　　　物是人非难辨分。

巧珍　（唱）记得当年为铺富裕路，
　　　　　　老镇长带领村民修桥墩。
　　　　　　石头滚动险象生，
　　　　　　为救你，老镇长压断了脚后跟。

金生　（唱）担子将近半路程，
　　　　　　你思想工作做不停。

巧珍　上桥了。

　　　〔俩人上桥。金生脚下一滑差点摔倒，巧珍拉住担子。

| 巧珍 | （白）当心礼担！ |
|---|---|
| 金生 | （白）哼！礼担重要，人次要。 |
| 巧珍 | 惹气！<br>（唱）走过古桥往前行。 |
| 金生 | （唱）我甩开大步向前奔。 |
| 巧珍 | （唱）老镇长家走过非一回，<br>      为啥你大路不走小路行？ |
| 金生 | （唱）条条道路通罗马，<br>      我就要避开大道走捷径。 |
| 巧珍 | （唱）康庄大道你不走，<br>      莫不是，你脑子进水神经病！ |
| 金生 | （接唱）快点走呀—— |
| 巧珍 | （接唱）啊呀呀，你慢点奔。<br>［音乐越来越快，金生越跑越快。 |
| 巧珍 | （上气不接下气，踉踉跄跄）侬……<br>（接唱）你作弄我真是勿作兴！ |
| 金生 | （歇担，得意地）勿是侬叫我快点、快点嘛？ |
| 巧珍 | （气愤）侬！侬给我当心点，回去和侬算账！ |
| 金生 | （清唱山歌调）嗨哎——<br>        雌雄一对比赛跑，<br>        哎，哎嗨嗨——<br>        雌的成了煨灶猫哎。 |
| 巧珍 | （哭笑不得，举起阳伞追打金生）侬这个神经病，神经病！ |
| 金生 | （将阳伞抢下扔于地上）好了，我看侬才像神经病！在路上像猢狲做百戏，像啥样子？ |
| 巧珍 | 是侬和我作对呀！老镇长对侬有恩，侬却对他有怨。 |
| 金生 | 打开天窗说亮话，我确实有怨，有气！ |
| 巧珍 | 有话快讲！ |
| 金生 | 老实讲，我今朝就是不想送这个礼！ |
| 巧珍 | 侬，侬现在是财大气粗，车子不肯开，担子不肯挑。我好话讲尽，你魂不附体，侬想造反啊？ |

金生　　哼！我会忘记我吃的亏吗？要不是侬今朝硬劲要我挑担送礼,我也不会翻老皇历。想当初村里动迁的时候,硬说是违章建筑不能计算平方,就是这个老镇长！

巧珍　　不计算侬突击搭建的面积,老镇长是执行政策。侬哪能只记恨不记恩的？

金生　　我哪能了？现在社会就是这样现实,送礼么也要讲究效益的呀！投资给一个过了期没有权的领导,那是瞎子开双眼皮——犯勿着的！

巧珍　　侬竟然讲出这种话,侬真的是变了！

金生　　变了,我变啥？我这叫"与时俱进"！

巧珍　　与时俱进？难道就可以把做人最起码的良心和良知都能丢了吗？

金生　　我……

巧珍　　侬！侬真咹没良心！

　　　　(唱)骂你金生负义人,

　　　　　　泥腿子翻身忘根本。

　　　　　　你忘了,昔日穷村变富裕,

　　　　　　是谁带领乡亲小康奔？

　　　　　　牵线搭桥红娘做,

　　　　　　让你光棍风光面貌新。

　　　　　　你忘了,经纪蔬菜苦支撑,

　　　　　　是谁帮助脱困境？

　　　　　　规模经营拓市场,

　　　　　　走出了公司加农户运作模式新途径。

　　　　　　你忘了,为打开销路树品牌,

　　　　　　是谁走南闯北费尽心？

　　　　　　低息借贷建冷库,

　　　　　　才使得蔬果四季保时新,

　　　　　　多少次曲折峰回路转,

　　　　　　全凭着老镇长周旋来调定。

　　　　　　自古道,鸟雀尚知反哺义,

　　　　　　你却为一己私利存怨恨。

　　　　　　吃肉喝酒忘源头,

丢了良心忘记恩!

巧珍　老镇长为我们群众服务了一辈子,辛苦了一辈子。今朝这个礼我是送定了,侬勿挑我来挑!

〔巧珍上前挑担,金生慌忙上前,俩人背靠背挑担。

巧珍　到了这一步,我批准侬走回头路。

金生　回头路,到啥地方去?

巧珍　回到侬打光棍的辰光!

金生　我(急,嬉皮笑脸地)唉——,巧珍,好了好了,侬噜噜苏苏讲了三里路,要是认为我出汗出得不够,格末我再出点血,再加三千元红包,哪能?

巧珍　侬眼睛里只有钞票最重,只有钞票最亲。

金生　那我再磕三个响头。

巧珍　金生,其实,侬只要诚心诚意把这付礼担挑到老镇长面前,就比送什么都金贵。你看——这就是我为老镇长精心挑选的贺礼。

〔夫妻同揭遮布。

金生　(惊讶)啊,这个不是我们公司生产的高效农业产品吗?

巧珍　是啊!

　　　(唱)这都是高效农业新果蔬,

金生　(唱)各大超市联网销售的抢手货,

巧珍　(唱)你看那荷兰黄瓜蛹虫草,

金生　(唱)有机硒米、紫红薯,

巧珍　(唱)金丝葫芦、红提子,

金生　(唱)航天番茄、以色列蛇瓜神仙菇。

巧珍　(唱)晒一晒幸福账单新成果,

金生　(唱)表一表饮水思源心一颗。

巧珍　侬讲这个礼好不好?

金生　好!真正好!

巧珍　那应不应该送?

金生　应该!应该!

巧珍　(学金生腔)应该,应该。那快走吧。

〔在欢快的乐曲声中夫妻俩打伞、挑担!

金生　　（佯装扭伤）哎唷。

巧珍　　（关切地）金生，哪能了？

金生　　（乘机吻巧珍）

巧珍　　（害羞地）哎唷，侬……

金生　　哈……

　　　　[巧珍追随金生，欢快地下。

——剧终

（该小戏2012年获江苏省第十届"五星工程奖"银奖）

沪剧小戏

# 风雨过后是阳光

时间　现代

地点　城市街道一角

人物　小琳,女,12 岁

　　　彩玉,女,30 多岁

　　　阿生,男,40 多岁

[幕启。雷声、雨声、刺耳的紧急刹车声,传出妇女凄惨的叫声:
"啊——"。雷声大作,画外音:小女孩悲惨的呼喊声:"妈妈——"

幕后伴唱:晴天霹雳当头打,

　　　　　可怜啊,小琳她是凄凄惨惨成孤儿。

[灯亮。呈现出影影绰绰的城市一角,舞台的一侧设有路牌标记,一角
设有石凳。

[小琳蓬头垢面、神情沮丧,手持"还我妈妈"歪歪扭扭字样的牌子上。

小琳　(唱)雷声惊魂心悲愤,

　　　　　恨只恨肇事司机撞死我母亲。

　　　　　求你们见到那一幕的告诉我,

　　　　　让逃逸的司机受严惩!

　　　(白)妈妈,我要妈妈,还我妈妈呀!

[小琳举着牌子,声泪俱下注视着过往的行人。

[彩玉忧心忡忡,心神不定地上。

彩玉　(唱)天闷地热步履重,

　　　　　神思恍惚寝难安。

想起雷雨之夜的情形心颤惊,

我一时大意酿祸端。

撞人丧命未报警,

懊恼的心啊充彻着犯罪感。

越思越想越害怕,

无意间,辗转到此我心更寒。

小琳 阿姨,你有没有看见……

彩玉 (惊恐地)没有,我什么都没看见。

小琳 我妈妈被车撞了,我要寻找看见那一幕的人。

彩玉 找到了你想怎样?

小琳 找到了,我要让他赔我妈妈,让他蹲监狱!

彩玉 (心惊,踉跄)噢……

小琳 (见状)阿姨,你怎么啦?

彩玉 我头晕,可能是老毛病又犯了。

小琳 阿姨,我来扶你。

彩玉 不用,我能行。(彩玉在石凳上坐下)小妹妹,你叫什么名字?

小琳 我叫小琳。

彩玉 喔,小琳,你也坐下歇歇吧。

小琳 不,还是你坐吧,我要到那边人多的地方再去问问。各位叔叔、阿姨,
有谁看见撞我妈妈那一幕的请告诉我……(手举牌子,下。)
[阿生左顾右盼,急冲冲上。

阿生 咦,彩玉,我到处找你,你怎么又在这儿? 这几天你出租车不开,连手
机都关了,到底是怎么回事啊?

彩玉 没什么?

阿生 (见状,摸彩玉的额头)是不是身体不舒服?

彩玉 没有,就是心里有点不舒服。

阿生 心里不舒服,心里有啥不舒服的?

彩玉 阿生,看你啰哩啰唆的,你就不能让我静一静吗?

阿生 好好,我不跟你啰唆,那我们走吧。

彩玉 到哪里啊?

阿生 咦,半月前不是跟人家约好,今天我俩去拍结婚照,难道你忘了?

彩玉　噢,我真的忘了。不过,今天我没心情,下次再说吧。

阿生　啥? 下次再说,彩玉——

　　　(唱)想我俩相识相知已三载,

　　　　　约定年终完婚渡鹊桥。

　　　　　以前你活泼开朗容貌好,

　　　　　近为何,面容憔悴少欢笑。

　　　　　莫不是,我俩婚姻有变卦,

　　　　　你另有打算筑爱巢。

彩玉　(接唱)阿生你不要胡乱想,

　　　　　　彩玉我岂是水性杨花人,

　　　　　　想当初,我家庭不幸遭离异,

　　　　　　是你用爱抚平了我内心的伤痕。

　　　　　　霜打的花朵重绽放,

　　　　　　干枯的心田又有了爱的滋润。

　　　　　　阿生啊,是你不嫌我们孤儿寡母俩,

　　　　　　我怎会,另求新欢杂念生。

阿生　彩玉,是我错怪你了。不过,你一定有什么心事瞒着我。

彩玉　阿生,我……(欲言又止)你别问了,以后我会告诉你的。

阿生　彩玉,难道你连我都不相信了吗?

彩玉　(吞吞吐吐地)我……

阿生　(欲追问)彩玉……

　　　[小琳手举牌子,复上。

阿生　(见牌子,好奇,念)还我妈妈。咦,小妹妹,你妈妈怎么啦?

小琳　上个星期的雷雨之夜,妈妈送我上医院,就在这里遭遇了车祸,妈妈为
　　　了救我,将我推到一旁,我得救了,妈妈却被车撞死了,可开车的溜了,
　　　我要寻找看见那一幕的人。

阿生　是这么回事。那你当时就在事发现场,怎么就没看清那辆车呢?

小琳　当时,我看见妈妈倒在地上,就吓晕了,只顾哭着呼唤妈妈,再加上那
　　　天晚上天黑雨大,我只记得那是一辆蓝颜色的出租车。

阿生　也是蓝颜色的出租车。

彩玉　(尴尬、惊恐)哦……是吗?

阿生　开车的是男的还是女的？

小琳　（摇头）没看清。

阿生　哦，小妹妹，那你怎么一个人在找啊？你爸爸呢？

小琳　我生下来就不知道爸爸长的是啥模样。

阿生　那家里其他亲人呢？

小琳　都不记得了，我只知道一生下来就妈妈把我养大的，现在连妈妈都没了。（哭泣）妈妈，我年纪还小，你怎么扔下我不管了？妈妈，我要妈妈……

阿生　（气愤地）这司机也太缺德了，撞了人不送医院还逃走，这种司机如果找到了一定要让他坐监牢！彩玉，你说是吗？

彩玉　（支支吾吾地）是……是应该……

　　　［雷声起

阿生　喔唷，这天气说变就变，又要下雨了。

彩玉　小琳，现在你无依无靠的，如果目击者找不到，今后就由我们来供你读书，让你上大学，我们一定会好好待你的。阿生，你说好吗？

阿生　好啊，人活着应该做一点善事的。小琳，你以后就跟我们一起过吧。

小琳　（感激地，鞠躬）阿姨，你们真是大好人，谢谢阿姨，谢谢伯伯！

彩玉　小琳，现在下雨了，我看今天你就到我们家住吧。

小琳　（坚定地）不，找不到目击者我不走！

彩玉　（震动，犹豫。从包内取出雨伞）那你把雨伞撑好，当心淋坏身体。

小琳　（欲接，猛然想起）不，我不撑雨伞！

阿生
彩玉　（不解）为啥？

小琳　撑了雨伞会挡住这块牌子的，目击者就找不到了。我不能让妈妈死得不明不白！

　　　［彩玉内心震撼，发呆。

彩玉　（唱）猛听得小琳一番话，
　　　　　　惭愧的心肺似油煎。

阿生　（接唱）见彩玉，呆如木鸡神失常，
　　　　　　一反常态费猜疑。

小琳　（接唱）妈妈你，死得太冤屈，

　　　　　　　丢下女儿两分离,

　　　　　　　骨肉之情情绵绵啊,

　　　　　　　今后起再见妈妈只能在梦里。

彩玉　(唱)小琳她,失去了亲人多可怜,

阿生　(唱)见情景,不禁让人泪涟涟。

彩玉　　　　难道说,彩玉我还要心有顾忌失理智?
　　　(重唱)
阿生　　　　难道说,彩玉她真是肇事逃逸失理智?

小琳　(接唱)难道说,妈妈你就不明不白离我去?

彩玉　　　　我要坦坦荡荡将责任捅。
　　　(重唱)
阿生　　　　我要寻根问底将是非辩。

小琳　(接唱)我要讨回公道为妈妈祭奠。

阿生　小琳,你放心,目击者我会想办法帮你一起找的。

彩玉　阿生、小琳,你们不用再找了。

阿生　为啥?

彩玉　(鼓足勇气)我……我就是撞死小琳妈妈的小车司机。

　　　[强烈的音乐起。

阿生　啥?原来真是你啊?

小琳　(惊疑)不,不会的,阿姨你人这么好,撞死我妈妈的不会是你的。

彩玉　是我,真的是我啊。

小琳　(压抑在内心的悲愤迸发,冲向彩玉,撕扯)你!你是个坏女人,你还我妈妈,你赔我妈妈……

彩玉　(跪倒在地)小琳,对不起,我对不起你妈妈,对不起你啊。如果这样能对你宽慰一点的话,你就骂吧、打吧。

小琳　(号啕大哭)妈妈,我要妈妈……

阿生　彩玉,这到底是怎么回事啊?

彩玉　(唱)提灾殃,心沮丧,

　　　　　　似惊弓之鸟起恐慌。

　　　　　　雷电交加的风雨夜,

　　　　　　女儿病发我心急如焚往回闯,

　　　　　　就在这,突然蹿出横穿马路人,

　　　　　　撞在车前倒路旁。

　　　　本想下车问究竟，
　　　　可瞬间的欲望让我欠思量。
　　　　不忍心让女儿思念湿衣襟，
　　　　不忍心让阿生你独守空房梦一场，
　　　　不忍心甜蜜的爱情成烟云，
　　　　不忍心即来的幸福付汪洋。
　　　　不忍心，心不宁，
　　　　心存侥幸离现场。
　　　　获知车祸已丧命，
　　　　我提心吊胆难安详，
　　　　几次打算去告白，
　　　　可思前想后又愁断肠。
　　　　今日里，面对小琳心震撼，
　　　　我要负起责任来抚养。
　　　　不再犹豫，不再彷徨，
　　　　坦坦荡荡，说清端详，
　　　　迷途知返去自首，
　　　　承担一切决不再迷茫。

阿生　（叹息）唉——！小琳妈妈也太大意了，过马路是应该走人行道的。彩玉，你当时为啥要走呢？如果你及时报警，或许还有救。不过，事情到了这一步，你就去吧，去自首吧。

彩玉　（点头）嗯。不过，现在我最放心不下的就是两个可怜的孩子了。

阿生　彩玉，你就放心地去吧，你女儿和小琳我会照顾好的。

彩玉　阿生，你真好！小琳，阿姨走了以后，你要好好学习，听这位伯伯的话，啊。现在，阿姨去自首了
　　　〔彩玉恋恋不舍地下。

小琳　（望着彩玉的背影，突然喊）阿姨，你等一等。
　　　〔阿生、彩玉迷茫看着小琳

小琳　我跟你一起去！

阿生　好，我们一起去。

彩玉　（爱怜地抱住小琳）小琳。

［天幕逐渐转红光。

幕后伴唱:风雨过后是阳光,

　　　　　人间真爱见和谐。

［幕在伴唱声中渐闭


（该剧获第五届江苏省小戏小品大赛优秀剧目奖、编剧奖）

**小戏曲**

# 冤家路宽

人　　物　季素枝,58 岁,绰号"计算机"

　　　　　田春土,60 来岁,人称"铁秤砣"

时　　间　清晨

地　　点　苏南某城郊

　　　　　[桥头,垂柳依依,醒目处有《休闲田管理办法》公示栏。远处依稀可见一片农田。

　　　　　[田春土肩扛锄头从桥上下来。

田春土　（唱）城乡推行一体化,

　　　　　　　　泥腿子社区公寓安了家。

　　　　　　　　田春土我城市居民待遇享,

　　　　　　　　劳碌命闲得骨头散了架。

　　　　　　　　顺民意村里划分休闲田,

　　　　　　　　只可惜一分田只有巴掌大。

　　　　　　　　不称心老对头旁边紧相靠哎……

　　　　　[季素枝急急忙忙上。

季素枝　（接唱）"休闲田"分得我心中五味加!

　　　　　　　　都怪我这双"咸猪脚",

　　　　　　　　倒霉瞎冲把阄抓。

　　　　　　　　抓来个田邻"铁秤砣",

　　　　　　　　好似赤脚踩上了玻璃碴。

　　　　　　　　又好似人家听牌我点炮,

　　　　　　　杠冲还偏偏抓了花!

　　　　　　　只因为一桩心思常牵挂,

　　　　　　　没奈何投石问路我访冤家!

　　　　　　(喊)田春土——,田大哥——。

田春土　(唱)忽闻对面"母夜叉",

　　　　　　　绕道而行上堤坝。

季素枝　(唱)他那里调头往回走,

　　　　　　　我这里紧追截住他!

　　　　　　〔田春土欲遛走,季素枝追赶到前面,堵住了田春土的去路。

田春土　(恼火)哼,好狗不挡道。怎样?想要老子出买路钱啊?

季素枝　哟,老田……嘻嘻……老邻居哎……

田春土　田春土土包子一个,攀不上你这样的高邻!

季素枝　你看电视没?习主席访问韩国,发表演讲说:"三个铜板买房屋,千两黄金买邻居"……

田春土　我政治水平虽然不高,可你也别想把我绕出什么政治问题来。

季素枝　铁秤砣!

田春土　(扭头不理)喊!

季素枝　嘻嘻……叫错了,田春土,田先生……

田春土　喔哟,肉麻来!哼!我没工夫跟你瞎缠。(欲走)

季素枝　哎——,老田,不不,田大哥……不用急嘛。

　　　　　　〔季素枝突然抢下田春土的锄头

田春土　你……你想做啥?

季素枝　(嬉皮笑脸地)我想……嘿嘿,我想和你谈谈。

田春土　我和你没什么好谈的!

　　　　　　(唱)发誓老死不来往,

　　　　　　　请你少来套近乎。

季素枝　(唱)俗话说冤家宜解不宜结,

　　　　　　　现如今田靠田又把邻居做。

田春土　(唱)提起邻居心窝火,

　　　　　　　"计算机"精明我叫苦。

季素枝　(唱)想当初我也没奈何,

　　　　　　　都怪你挑刺惹风波。

田春土　（唱）盖新房我家先动土,

　　　　　　　你居后楼高反超我。

季素枝　（唱）你状纸写了一大堆。

田春土　（唱）你撒野耍泼花样多。

季素枝　（唱）老支书调解嘴说破,

田春土　（唱）倒头来两家还是不让步——

　合　　（唱）发毒誓,田埂竖起不同路!

季素枝　铁秤砣哎,时髦话说得好,"时间可以消磨一切",就说中国和美国那
　　　　　么大的矛盾,不还讲个对话机制的嘛?

田春土　我跟你对个屁呀!

季素枝　喏喏喏,《社区文明公约》第一条,你这个语言就是不文明。你看噢,
　　　　　现在我们全村集中住洋楼,土地合并,原来的宅基地都流转出来扩
　　　　　大种植面积,我们从农民变成了市民,首先就要讲文明。

田春土　你也配和我讲文明? 谁人不知你精明胜过计算机,是不占上风不肯
　　　　　歇的!

季素枝　那又有谁不知你是"不撞南墙不回头"的铁秤砣呢?

田春土　哼!

季素枝　嘻嘻……田大哥哎,俗话讲:冤家宜解不宜结。现在时代不同了,一
　　　　　个小区住着,低头不见抬头见嘛。

田春土　老子眼瞎,看不见小人!

季素枝　嘿嘿,真是属秤砣的,你看你看,今朝不还是见面了吗?

田春土　哼,怪我昨天没有烧香,今朝碰见鬼了!

季素枝　（忍不住,高声）铁秤砣! 我好言相待,你却蛮横无礼,你当老娘是怕
　　　　　你了! 你忘记当初了吗?

田春土　（有点发虚）当初……当初你一板砖,差一点把我的脑袋开天窗
　　　　　你……你今天还想怎样?

季素枝　不不……不咋样,（嬉笑）我就想跟你商量、商量。

田春土　去! 啥事啊?

季素枝　嘿嘿……你能不能……把你这分"休闲田"让给我。

田春土　啥,把这分"休闲田"让给你,凭啥? 你是我祖宗?

季素枝　嘿,有你这样不开窍的子孙,做你的祖宗丢人现眼。

田春土　你……你……我说不过你。你也别想打我"休闲田"的主意!

季素枝　说你不开窍就是不开窍。(挨近)我……花钱跟你租。

田春土　我天生是种田的命。自打村里成立了"菜篮子"专业合作社,大棚里
　　　　全是机械化作业,没有我老田的事了,可我做梦都在田里干活,好不
　　　　容易有了一分地消遣消遣……

季素枝　消遣的地方多的是,铁秤砣啊!
　　　　(唱)棋牌室三块五块去打牌——

田春土　(唱)我天生是舍命不舍财。

季素枝　(唱)那就去农民广场跳跳舞——

田春土　(唱)男男女女搂搂抱抱玩不来。

季素枝　(唱)还可以玩玩宠物人自在——

田春土　(唱)我倒想猪啊羊啊圈一排!

季素枝　(唱)你真是铁疙瘩生锈化不开——

田春土　(唱)铁秤砣本性难移终不改!

季素枝　算了,算了,这地你租还是不租?

田春土　我们家三代贫农,我决不做地主!

季素枝　要我说,你天生就没有做地主的命。

田春土　那好,我正嫌种一分地不过瘾呢,你来做地主,把你那一分地租给
　　　　我,怎么样?

季素枝　你要租我这一分地? 好啊,就怕你租不起。

田春土　计算机哎,别看你人前人后开了辆汽车来来去去,我老田现在也
　　　　不穷。

季素枝　那好,你说年租给多少?

田春土　咳咳,一分地……(盘算)二百元……

季素枝　哈哈……黄鼠狼过泥墙,小手小脚!

田春土　(咬牙)那我……再加五十,二百五,怎么样?

季素枝　二百五? 哈哈……我看你倒真像个二百五了!

田春土　(一跺脚)豁出去了,老子出五百,五百!

季素枝　哈哈……两个二百五啊……真的笑死我了……

田春土　计算机,你算筋算骨,老话说,漫天要价,就地还钱。你到底要多少?

季素枝　（正色）年租两千,少一个子儿休想!

田春土　（惊呆）啥?两千?嗨!人家外面大农户租一亩地才两千,你一分地要两千,你这不是租地的,抢钱啊?!

季素枝　咋样,我说你租不起吧?

田春土　你狠,老子不租,不上你个穷当!（欲走）

季素枝　站住,你不租我的地,我倒还要租你的地呢。

田春土　也是年租两千?

季素枝　不还一分!

田春土　疯了疯了,你这个婆娘疯了!

季素枝　疯了傻了,不关你的屁事。

田春土　我就是偏偏不租!

季素枝　铁秤砣!

　　　　（唱）你要租地我应允,

　　　　　　　出不起租金硬逞能。

　　　　　　　同样的条件我愿租,

　　　　　　　你却又乌龟缩头哑了声。

　　　　　　　大丈夫一口唾沫砸个坑,

　　　　　　　要不然枉披人皮不算人!

田春土　你凭啥骂我?

季素枝　骂你还算是轻的,堂堂一个男人还不如我个女人有胆魄,传扬出去啊,你铁秤砣又要走我计算机的下风了,哈哈哈哈……

田春土　这个……（旁白）哎呀,这婆娘的嘴,澡堂里的水。想来想去,倒像是个圈套……

季素枝　爽快点,有钱不拿,不呆也傻。

田春土　好、好,就算我服了你了,不过我有个条件。

季素枝　响屁不臭,臭屁不响,你就放个响的呗!

田春土　咳咳。

　　　　（唱）你可否让我看看清……

季素枝　喊!

　　　　（唱）老娘的身条多风姿!

田春土　哎哟!

田春土　（唱）莫把自个儿天鹅比，

　　　　　　　　冬日的芦苇剩枯枝。

季素枝　（唱）吃不到葡萄讲葡萄酸，

　　　　　　　　撒泡尿你且照自己！

田春土　（唱）风筝越扯越高飞，

　　　　　　　　你想错了老田会错了意！

季素枝　那啥意思啊？

田春土　（唱）我是想看清你底细——

　　　　　　　　出水才现两腿泥。

　　　　　　　　"计算机"从来不亏己，

　　　　　　　　你为何明知赔本还犯痴？

季素枝　（笑）呵呵。

　　　　　（唱）有钱难买我愿意，

　　　　　　　　你只管袖手得红利。

田春土　（唱）君子爱财当在理，

　　　　　　　　弄不清我绝不做交易！

季素枝　（无可奈何地）铁秤砣哎，要不是我这一分田左边紧靠大河，右边和
　　　　　你相邻，我犯得着和你费这么多口舌吗？你这么一根筋，有意思吗？

田春土　有意思，没意思……我就是这个意思！（指公示牌）你看看清爽，不
　　　　　是我老田要反悔，这"休闲田"管理须知第6条写得清清楚楚，"休闲
　　　　　田"不得私自转让。你这不是要逼我老田犯错误吗？走，我和你到
　　　　　村部去评评理……（拉扯季素枝欲下）

季素枝　（犟住不走）哎……老田，老田……（撒手）老田哥哥哎……俗话讲
　　　　　的好，杀人不可头点地嘛，我……唉！我就实话实说了吧。

田春土　哈哈……今天我也要让你计算机走一回下风了。（得意洋洋地）
　　　　　快讲！

季素枝　（发自内心）铁秤砣啊——

　　　　　（唱）想当初你我两家闹矛盾，

　　　　　　　　直闹得鸡飞狗跳不安宁。

　　　　　　　　客商考察绕道走，

　　　　　　　　三年评不上文明村。

那一日我操扁担你拿棍，
直打得鼻青脸肿鲜血淋。
老支书闻讯来赶到，
劝不住他气血冲脑门，
脑溢血迸发瘫在地，
半身不遂至今还留后遗症。
季素枝回顾往事常悔恨，
好似心结未解气难伸。
如今支书他随女儿城里住，
却未料胃切除成天薄粥吞。
我曾今春去探望，
他还牵肠挂肚我二人。
临别送我一句话，
和气生财都安宁。
退回我送的营养品，
我感动的泪水一路淋。
听说富硒稻米养胃又防癌，
可地少难栽心不宁。
如若能加你一分“休闲田”，
种上那生态食品表寸心。
送给支书养养胃——
聊补以往愧疚情。

田春土　哎呀,这样的好事你为啥不早说呢?

季素枝　这些天,我三番五次到你门口,你眼皮不抬,不理不睬!

田春土　咿,这个富硒米现在花钱也买得到,何必要自己种呢?

季素枝　金钱有价情无价,自己种出来的送给老支书心里才更觉得心安、踏实!

田春土　(震惊)季素枝哎,你……你这个境界真叫我脸红啊！当年的矛盾都是因我而起。你看这样好不好？这一分地我分文不要,只要你带着我一起栽种富晒稻米,怎么样?

季素枝　好啊！要是老支书知道是我们俩一起种出来送给他的,那他一定会很高兴的!

田春土　对、对、对! 他一定会从心底里笑出声来的。

季素枝　哎,但这件事,只能你知我知——

田春土　不对,还有天知地知了。

季素枝　那就这样说定了。现在我们就去把隔开两块地的田埂给平整了。

田春土　好,走!

季素枝　走!(欲下)

田春土　哎——,慢!

季素枝　怎么,你又想变卦了?

田春土　你么人称计算机,我在想,到头来种出来的富硒稻米,你会不会"猪八戒吃西瓜——独吞"啊?

季素枝　(佯怒,举拳)铁秤砣!

田春土　(抱头)哎哟……

季素枝　嘻嘻,现在我们俩是今非昔比,冤家路宽。

田春土　对,冤家路宽! 哈哈哈……

　　　　〔两人会意开心大笑。欢快地下。

　　　　〔伴唱　城乡推行一体化,

　　　　　　　　看得眼睛发了花。

　　　　　　　　不是冤家不聚首,

　　　　　　　　抬头又见冰雪化!

　　　　〔剧终——

(小戏 2015 年获苏州市第八届小戏小品大赛决赛金奖)

**小戏曲**

# 妈妈,我回来了

时间:现代

地点:苏南某城市住宅小区

人物:垃圾婆、唇妹

场景:繁花似锦、鳞次栉比的高楼大厦。舞台的中间置有垃圾筒、长椅。

　　　　[鸟儿轻唱,幕在音乐声中启。

　　　　[垃圾婆骑着小三轮车上。

垃圾婆　(唱)沾春露,披秋霜,寒来暑往,

　　　　　　年复年,奔波忙,走街串巷。

　　　　　　拾破烂,聚财路,变废为宝,

　　　　　　垃圾婆,守平常,心存理想。

　　　　　　为只为,了夙愿,聚沙成塔,

　　　　　　盼女儿,早日归,如愿以偿。

　　　　[幕后音:断命的垃圾婆又来了,天天在垃圾筒里翻来翻去,寻你的魂啊?

垃圾婆　(内)大路向前,各走一边,关你屁事!

　　　　[幕后音:龌龌龊龊,影响市容!

垃圾婆　什么影响市容? 老娘我是为城市美容! 狗捉老鼠多管闲事。呸! (自言自语)哼! 你知道啥,这个垃圾筒可是万花筒、百宝箱。(哼小调)生活百态知多少? 社会万象在其中。(在垃圾筒内翻找,拎出一条大鱼来)哇,大家看看,这么大一条鱼都扔了。唉,看不懂!

　　　　[垃圾婆继续在垃圾筒内翻找。

〔唇妹衣着时尚,上。

唇　妹　(唱)阔别养育之地三十秋,

　　　　　　　故城巨变多靓丽,

　　　　　　　想不到,儿时记忆的老街坊,

　　　　　　　已荡然无存非昔日比。

　　　　　　　自从负气离家断音信,

　　　　　　　多少年,魂牵梦绕生悔意。

　　　　　　　波涛里打滚浪尖上行,

　　　　　　　今日里,终于荣耀回故里。

　　　　　　　却不知,如今你住在何方地?

　　　　　　　身体是否还康健?

　　　　　　　不知相见怎相认?

　　　　　　　是否会让你烦恼添?

　　　　　　　不知,不知,都不知,

　　　　　　　一路走来费猜疑。

　　　　　　　见前面有位老大妈,

　　　　　　　待我上前问仔细。

　　　　(白)大妈,请问原来住在这里一条街的人都搬到什么地方去了?

垃圾婆　(专心致志在垃圾筒里翻找)……

唇　妹　请问……

垃圾婆　(突然转身,大声)哇,真皮的皮鞋。我来试试,(穿上来回踱步)嘻
　　　　嘻,正合脚喏,哈……

唇　妹　(疑惑地打量垃圾婆)你是……

垃圾婆　我么,坐不改名,立不改姓,方圆十里人称我是垃圾婆。

唇　妹　垃圾婆——

　　　　(唱)闻听一声垃圾婆,

　　　　　　　熟悉的称呼使我心震荡。

　　　　　　　眼见得,霜雪已染白她青丝,

　　　　　　　岁月的年轮已刻上了她脸庞,

　　　　　　　一定是生活重负仍压肩上,

　　　　　　　不由我,阵阵酸楚涌心房。

25

　　　　　　　急切上前相认来忏悔,
　　　　　(白)不!
　　　　　(唱)不知她现在对我啥思想?
　　　　　　　　我不能冒冒失失再伤她的心,
　　　　　　　　暂且克制先问端详。
　　　　　(白)大妈,都什么年代了,你怎么还捡破烂呀?

垃圾婆　捡破烂怎么了? 你们都看不起捡破烂的!

唇　妹　哦,不是的,你误解了。我是说现在都老有所养了,难道你还缺钱
　　　　花吗?

垃圾婆　(继续捡)现在政府拆迁给我分了新房,又有社保、医保,我是不缺钱
　　　　花的。唉——,可我就是还有个心愿未了……(闪了一下腰)喔
　　　　唷……

唇　妹　(上前扶住)你怎么了?

垃圾婆　唉,年纪大了,不中用了。

唇　妹　(扶垃圾婆在长椅上坐下)大妈,你别这么辛苦了,你歇一歇,我来帮
　　　　你捡。

垃圾婆　不、不、不! 你穿得这么漂漂亮亮的,怎么可以帮我捡破烂呢?

唇　妹　(在垃圾筒里捡出塑料瓶、易拉罐等)没关系的,小时候我也经常帮
　　　　我妈捡的。

垃圾婆　你妈妈也捡破烂?

唇　妹　是啊,那时家里穷,孩子又多,拾破烂变卖了好补贴家用。

垃圾婆　你说你小时候也帮你妈妈捡破烂?

唇　妹　是啊。

垃圾婆　(唱)一句话勾起以往事,

唇　妹　(接唱)往事历历呈眼前。

垃圾婆　(唱)见她一举一动来帮衬,
　　　　　　　好似唇妹回到我身边。

唇　妹　(接唱)见她一举一动拾破烂,
　　　　　　　又现妈妈当年慈母颜。

垃圾婆　(唱)曾记得,寒风中帮我拾破烂,
　　　　　　　唇妹她冻伤了小手暗流泪。

唇　妹　（接唱）曾记得，烈日炎炎下拾破烂，

　　　　　　　　妈妈她晒得中暑脱了皮。

垃圾婆　（唱）别人家孩子放学回家中，

　　　　　　　唇妹她还漂泊在大街。

唇　妹　（接唱）别人家母亲睡梦中，

　　　　　　　妈妈她分拣破烂到三更天。

垃圾婆　（合唱）为生计，吃尽苦，风雨颠沛，

唇　妹　　　　　思往事，暗神伤，苦涩难咽。

唇　妹　（抽泣）……

垃圾婆　咦，姑娘，你怎么哭了？

唇　妹　哦，没什么。想到小时候的苦，想到妈妈为我的付出，我心里……

垃圾婆　看得出你是个善良的人，你妈妈有你这样的女儿真幸福。

唇　妹　大妈，我……

垃圾婆　好了，好了，让我们都忘掉不愉快吧。人活着还是要向前看，开
　　　　心点！

唇　妹　你真的能忘掉不愉快吗？大妈，你真开朗。

垃圾婆　不忘记又哪能呢？现在生活条件好了，像我吧，老二、老三都成家
　　　　了，老四也工作了，老五……

唇　妹　这些都是你收养的弃婴。

垃圾婆　（疑惑地）你怎么知道的？

唇　妹　我……我是猜的，没有听你说起老大，那老大呢？

垃圾婆　老大……（沮丧）老大她飞了，飞到很远、很远的地方去了。（叹气）
　　　　唉——！是我没有照顾好她呀！（从内衣中拿出一层层包裹着的发
　　　　黄的照片）这张照片是她十岁的时候拍的，别看她是天生的兔唇，可
　　　　你看她的脸蛋、她的眼神是世界上最好看、最漂亮的，她也是这么多
　　　　孩子中最懂事、最孝顺的孩子啊！

唇　妹　这么多年了，你还珍藏着？还没有忘记她？

垃圾婆　珍藏，我会一辈子珍藏！她是我的心头肉啊！

　　　　（唱）手抚玉照心里沉，

　　　　　　　刻骨往事仿佛昨日景。

　　　　　　　想当年我初涉社会正妙龄，

像花蕾吐絮水灵灵。
父亲育人是园丁，
孕育了我慈悲的同情心。
在那月牙高挂的初春夜，
我下班匆匆转回程，
突然间，传来了微弱的啼哭声，
循声寻，原来是垃圾筒旁一弃婴。
我抱起婴儿仔细看，
只见面黄肌瘦又是豁嘴唇，
眼看气息奄奄要命呜呼，
我怜悯之心油然生，
咬紧牙关抱回家，
不嫌其貌多爱怜。
谁料想，从此人生起波澜，
引来了流言蜚语是非生。
男友狠心离我去，
爹爹是含恨命归阴。
我咬定青山不放松，
孑然一身也要将孩儿养成人。
世事让人多难料，
到后来阴差阳错我又收养了三弃婴。
当时斗私批修风潮急，
常常是有了上顿无下顿，
没奈何，我只得偷偷去捡破烂，
举步维艰度光阴。
与弃婴萍聚共命运，
虽苦犹甜一家亲。
斗转星移十六春，
伲唇妹亭亭玉立初长成，
声声娘亲我暗自喜，
好比亲生骨肉胜三分。

忽一日她留下一纸条，

说朝夕不要将她等，

我以为她和同学外出游，

谁知这一等就是三十春。

三十载冬夏我苦寻觅，

可惜天南海北无踪影。

知女莫若为娘心，

我知道，她跟我受尽屈辱苦吃尽。

我欠唇妹一笔账，

无能抚慰她苦涩的心。

立誓言，风霜雪雨无阻挡，

拾破烂，积少成多把钱存，

盼唇妹有朝一日回家门，

有生之年能送她去把容整，

了夙愿，不被人歧视，

让她像花一样绽放出灿烂生命。

唇　妹　（泣不成声，跪下，呼唤）妈——妈——！

垃圾婆　（惊讶，不解）你，你在叫谁？

唇　妹　妈妈，我就是唇妹啊！

垃圾婆　不、不、不！我家唇妹是兔唇，你这么漂亮，不是的，不是的！

唇　妹　（哭诉）是的，妈妈，我是唇妹呀，刚上初中的时候，人家骂我是野种、是天落种，讲我是妖孽投胎。每天放学回家的路上，他们每天围着我吐唾沫，向我扔垃圾，没有一个同学愿意靠近我。我痛苦，我想寻死，想离开这个世界。可是想到妈妈你为我吃的苦、受的罪，我不忍心啊！……我知道这个城市我是耽不下去了，所以我决定出去闯荡，我要混出个人样，风风光光地回来。在外面，我受尽了欺凌，后来，我到了深圳，在好心人的帮助下，我摸爬滚打，多少次起死回生，现在我有了自己的公司。嘴唇经过了两次整容手术，已基本看不出了。妈妈，你仔细看看，我就是唇妹，你的女儿啊！

垃圾婆　（颤巍巍地抚摸，端详着唇妹的脸庞）唇妹，你真的是我的唇妹？

唇　妹　是我，妈妈，我就是唇妹呀！

垃圾婆　（压制不住激动）唇妹,我可怜的女儿!

唇　妹　妈——妈——

　　　　　［俩人相拥而泣。

垃圾婆　是妈妈没有能力,让你吃苦了。

唇　妹　妈妈——

　　　　　（唱）妈妈你切莫如此言,

　　　　　　　　是你菩萨化身收养我于天地间。

　　　　　　　　你节衣缩食养育我,

　　　　　　　　为了我,让你受尽磨难命运变。

　　　　　　　　这等母爱世少有,

　　　　　　　　大恩大德铭记在心间。

　　　　　　　　当初我离家不辞别,

　　　　　　　　求妈妈,原谅我幼稚少礼节。

　　　　　　　　从今后女儿与你长相守,

　　　　　　　　团团圆圆为你颐养天年。

垃圾婆　你讲的是真的吗?

唇　妹　真的!（扶垃圾婆上三轮）妈妈,现在我们回家。

垃圾婆　（激动地）我们回家。

　　　　　［幕后伴唱:十六年养育恩,

　　　　　　　　　　　三十载倍思念。

　　　　　　　　　　　悠悠慈母心,

　　　　　　　　　　　博爱映人间。

　　　　　［唇妹骑三轮圆场,定格。

　　　　　　　　　　　　　　　　　（获2013年度苏州市小戏小品征文二等奖）

30

小戏曲

# 农家军歌

人物　母,八十岁

　　　子,五十六岁

时间　农历岁末。

地点　北方,农家小院。

　　　[不远处传来零星的爆竹声。

母　　(唱)爆竹声声新年到,

　　　　　家家喜盈映门楣,

　　　　　姥姥我心里惆怅空荡荡,

　　　　　倚门翘首盼儿归,

　　　　　盼儿归,怕儿归,

　　　　　两地奔波受连累。

　　　　[凝视、抚摸着墙上挂着的两张一老一少的照片。

母　　双林,我的儿……(伤感,流泪)你知道娘这么多年是怎么过来的吗?
　　　娘的眼泪已经流干了……(面对另一张照片)老头子,你也走了,你也
　　　不管我了是吗?(苦笑)嘿,你怎么忍心丢下我一个人就走了呢?你真
　　　狠心……

　　　[母忧伤地收拾东西,下。

子　　(幕内唱)乘高铁,穿夜雾,离开水乡,

　　　[子手提大包小包,兴冲冲上。

　　　(接唱)新年到,牵挂娘,重回潍坊。

31

　　　　　　只因为,工作忙,难以脱身,

　　　　　　平日里,少机会,伴娘身旁。

　　　　　　数月未见亲人面,

　　　　　　心泛热浪先喊娘。

　　　　(向内喊)娘——,娘——,我回来了。

母　　(内上)孟凯,你回来了。

子　　回来了。娘,让儿子看看,你身体怎么样?(察看母容)

母　　娘的身体好着呢!你放心。(擦眼泪)

子　　娘,你又哭了?想开点,噢。

母　　(点头)……

子　　娘,你坐好,儿子为你敲敲背。

母　　不用、不用,你一路辛苦了,先歇会儿吧。

子　　娘——。(将母按在凳上,敲背)

母　　你呀!就想着让娘开心。

子　　只怪我平时太忙,不能一直陪在你的身边。娘,我知道你有家乡情结,
　　　但我还是想请娘搬到太仓和我们一起住,这样也好照顾你。

母　　娘知道你是一片孝心,等过段时间再说吧。

子　　娘……

母　　孟凯啊,上次电话里不是早已说好今年过年你不要过来了吗?

子　　娘,这也是我的家呀!

母　　可你自己家里也有一大堆事情啊。

子　　爸爸走了三年了,家里只有娘一个人,过年了,做儿子的哪有不回家的
　　　道理呀!

母　　你不用瞒我,你岳父母今年八十同庚,女婿不到场,媳妇要不高
　　　兴的。

子　　我也没有忘记,娘今年也是八十大寿,我先回来打前站。过了初二,媳
　　　妇带着孙子一起回来!

母　　(百感交集)你呀!

子　　你看,这些都是媳妇准备好的。

　　　(唱)家家户户过年忙,

　　　　　儿在外乡惦记娘,

八斤重的青鱼晒成干，

腊肉风鸡火腿肠，

香姑木耳金针菜，

还有太仓肉松苏州松子糖，

一双寿星保暖鞋，

羊绒衫来自恒源祥，

一盒花旗西洋参，

祝妈妈寿比南山日月长。

〔面对一堆年货，老人忍不住掩面泫泣……

子　（惶恐）娘，你怎么啦？

〔短暂的停顿

母　……三十五年了，孟凯，你每年都回家过年，娘心里不好受啊！

子　天经地义的事啊，回家陪娘过年，这是我自己立下的规矩。

母　为了这个规矩……

　　（唱）你太仓潍坊两头跑，

两副担子一肩挑，

逢年过节来得勤，

丢下家小一边抛，

平时电话天天有，

问长问短问周到，

爸爸临终含笑去，

你是尽心尽力尽孝道。

三十五年如一日，

天知晓来地知晓，

三十五年如一日，

今朝为娘要画句号。

你不该抛开妻儿来潍坊，

不拜寿堂来陪孤老，

为娘生来爱面子，

我怕亲家会把我看小，

农家小院容不下你这个大孝子，

　　　　　你赶紧回去莫唠叨。

子　　娘,你要赶我走?

母　　我早已有话在先,今年过年你不要回来。

子　　那边没有意见,我都安排好了。

母　　今朝非走不可!

子　　娘!

母　　儿啊,三十五年啦,娘已经知足了。从今天起,我要废了这条规矩!

子　　娘!

母　　大港乡方圆十里,谁不知道,你不是我的亲生儿子!

子　　("扑通"跪地)娘——!

　　[母跌坐于椅,抽泣,泪流满面。

　　[幕后唱:

　　　　忘不了,自卫反击战事开,

　　　　　战友牺牲魂不归,

　　　　　待到铁军凯旋时,

　　　　　代友尽孝双膝跪。

子　　(唱)忘不了,我和双林去排雷,

　　　　　战友鲜血洒边陲,

　　　　　未留的遗言我心知,

　　　　　染红的家书藏胸怀。

　　　　　我知战友系独子,

　　　　　老家尚有双亲在,

　　　　　儿忧爹娘无依靠,

　　　　　未寄出的家书交孟凯。

　　　　　孟凯从此立规矩,

　　　　　把战友的父母当长辈。

　　　　　喊声爸来喊声妈,

　　　　　今生今世永不改,

　　　　　喊声爸来喊声妈,

　　　　　养老送终儿奉待。

　　　　　冬去春来年复年,

三十五载志不悔，

不求名来不为利，

只图个战友回眸应笑慰。

母　我的儿啊！（扶起孟凯）

（唱）双手扶起好儿郎，

叫一声儿啊娘心碎。

当年复员正青春，

如今已是两鬓衰，

风霜雨雪两地走，

三十五载情似海。

部队练兵又育人，

有情有义更有爱，

谢一声部队夸一声儿，

强国强军的新一代。

（白）儿啊！双林牺牲这么多年，地方上给予烈属的优抚一样不少，左邻右舍的照应也无处不在。可你非得守着我这个老婆子不离不弃。我几次三番将你赶，你却死心塌地不肯走，既然如此，做娘的也不能太自私。我想……

子　你想怎样？

母　妈答应你了，随你一起去太仓。

子　（欣喜）太好啦，娘身边不但有儿子，还有媳妇，孙子。什么时候娘想回村里看看，我再陪你老人家回来。

母　娘听你的，不过我有一个条件。

子　你说！

母　（取出一枚军功章）双林的这枚军功章你留着。

子　军功章？

母　不管是上战场还是做儿子，在娘的心里，你和双林都是功臣！

子　（接过）娘——！

〔欢快地音乐起。

〔幕后唱：

一声妈妈似春风，

吹入心田暖融融。
老兵一曲战友情，
农家军歌傲苍穹。

（创作于 2014 年 3 月）

沪剧小戏

# 梦醒时分

地点:看守所接待室

人物:奶奶、根宝、敏敏(根宝的女儿,十三岁)

[舞台上设有长台和凳。

[幕在深沉的音乐声中启。

[奶奶携着孙女敏敏上。

敏敏　奶奶,今天我们能不能见到爸爸呀?

奶奶　能,警察叔叔要我们在这会见室等,他已经去叫了。

[敏敏往里面张望,传出警车的呼啸声,抱头回到奶奶身边。

敏敏　奶奶我怕,我怕!

奶奶　(搂住敏敏)孩子,别怕,别怕!

[俩人坐立不安地等待,敏敏不时翘首张望

敏敏　奶奶,爸爸怎么还不出来?

奶奶　是啊,这么久了,怎么还不见人影?

[传出"哗啦哗啦"的脚镣声,然后是关铁门的声音。

[俩人睁大眼睛静静地注视着。

[根宝手铐脚镣蹒蹒跚跚地上。

[祖孙三人一时相对无言,敏敏见情形缩至奶奶一旁。

根宝　(见情形,急忙向前,因镣铐牵制而跪倒在地)妈妈!

奶奶　根宝!

[音乐起。

[母子俩人相拥,泣不成声。

　　　　　［幕后伴唱

　　　　　　　　盼相见,相见如同隔千秋,

　　　　　　　　为什么,骨肉相聚在此间?

根宝　　(唱)面对亲人我倍伤感,

　　　　　　　　未开言,酸楚的泪水已眶盈满。

敏敏　　(接唱)眼前人,似曾相识又陌生,

　　　　　　　　敏敏我,想叫无声心里乱。

奶奶(接唱)根宝啊,娘为你茶饭不思青丝白,

　　　　　　　　牵挂你,每日里以泪洗面寝难安。

根宝　　(愧疚地)妈妈,儿子不孝,让你操心,为了我,你又增添了很多白发。

奶奶　　(端详着儿子)根宝,你瘦多了。

根宝　　妈妈,想不到你和敏敏会来看我,我以为今生再也见不到你们了。

奶奶　　(擦干眼泪,突然想起)敏敏,快叫爸爸。

根宝　　敏敏,来,让爸爸好好看看你。

敏敏　　(胆怯地)爸爸。

根宝　　敏敏,我的好女儿。你要听奶奶的话,认真学习,将来做一个对社会有
　　　　　用的人。

敏敏　　嗯。城里没有家了,我已不在贵族学校读书了,转到乡村小学去了。

根宝　　(抱着敏敏)敏敏,是爸爸害了你啊!

奶奶　　自从你入狱后,你城里的家全部被查抄。根宝啊,乡下才是我们该去
　　　　　的地方,现在我们只求太太平平过日子,平安是福啊!

根宝　　(伤感,深有感触地)平安是福,平安是福!姆妈,是我对不起你啊!

奶奶　　你对不起的不光是我!根宝啊——

　　　　　(唱)想当初家道中落虽清贫,

　　　　　　　　可穷人的日子亦平静。

　　　　　　　　后来你父亲患绝症,

　　　　　　　　欠下了外债难还清。

　　　　　　　　多亏了党和政府来救济,

　　　　　　　　你学业有成有名声,

　　　　　　　　想不到你利令智昏不自重,

　　　　　　　　触犯法律昧良心,

贤惠的妻子你抛弃，

害敏敏心受创伤孤零零。

扪心自问你多愧疚，

怎对得起关心你的人们和你死去的老父亲。

根宝  妈妈——

（唱）娘亲你暂熄心头怒，

听根宝，对你从头说分明。

自从那，父亲过早离人世，

娘亲你，一人独自撑门庭。

一腔热血世少有，

儿子我刻骨铭心记忆新。

我也曾发奋求上进，

似鼓足的风帆浪尖里拚。

几露锋芒造辉煌，

三十而立踌躇满志挑重任。

当初是暗暗下决心，

定要踏实工作为人民。

可后来，遇上了红颜知己难自拔，

威逼利诱难脱身。

为保住地位和名声，

我只得冒险把手伸。

权钱交易索重贿，

透支鲸吞储户存款头发昏。

纸醉金迷迷茫茫。

绝不顾仕途的浮与沉。

云里散步雾里欢，

穷奢极欲似脱缰的野马难以驯。

也曾想，收手不干重塑人，

到头来却似脚踏污泥越陷深。

原以为，掩耳盗铃无人晓，

哪曾想，法网恢恢不容情。

到如今,懊悔莫及未遵娘亲言,

身陷囹圄将要命归阴。

根宝 姆妈,我好悔恨啊!(捶胸顿足)

奶奶 根宝,你老实告诉妈妈,你到底挪用了多少公款?

根宝 贪污加受贿要八千多万了。

奶奶 (惊得目瞪口呆)啥?八千多万?你、你真昏头了!造孽,造孽啊!

　　 [母亲号淘哽咽,昏厥跌倒。

敏敏 (哭喊)奶奶。

根宝 (欲扶)姆妈。

敏敏 不要碰我奶奶,奶奶………(大哭)你逼走了我妈妈,又气昏奶奶,(回过头来)你不孝,你没有良心!

根宝 妈妈。(再欲伸手去扶)

敏敏 不要你碰奶奶。

根宝 敏敏。

敏敏 不要你叫,我不是你的女儿,你不是我的好爸爸,奶奶……

奶奶 (慢慢地苏醒)敏敏不要对你爸爸这样,他终究是你爸爸。

敏敏 (自言自语)爸爸,爸爸。记得在我很小的时候,爸爸、妈妈带着我常常去公园散步,晚上睡觉的时候爸爸给我讲故事,妈妈教我唱儿歌,那个时候我是多么的开心快乐呀!可是自从你当上了银行行长,你变了,你变得不回家了,你在外面吃喝玩乐,寻欢作乐的时候,你想到过我,想到过奶奶,想到过这个家吗?(哭泣)多少次我看到妈妈半夜里还在偷偷地哭,妈妈,妈—妈——!

根宝 敏敏。

敏敏 你知道这些日子我和奶奶是怎么过来的吗?在学校里,同学们都在背后指指戳戳,他们都议论我,看不起我。我可怜奶奶,她为了你天天哭,眼泪都哭干了呀。你晓得吗?晓得吗?我恨你,我恨你!

根宝 敏敏,不要再讲下去了,我不是人!

　　 [内,警察喊:十三号,规定时间到了,该回监室了!

根宝 姆妈,是我不好,我害了你们。

奶奶 (擦干眼泪)来不及了,来不及了。(含泪抚摸着)敏敏,来,叫一声爸爸。

敏敏　（不理睬）……

奶奶　敏敏,听话,你就叫你爸爸最后一声吧!

根宝　算了,妈妈,不要为难孩子了,我不配做他的爸爸,

奶奶　根宝。

根宝　姆妈,敏敏交给你了(哽咽,转身欲下)

敏敏　（讷讷地）爸爸。

　　　〔根宝怔住,步履颤抖地下

敏敏　爸——爸——（声音回绕）

　　　〔幕后伴唱

　　　　　　金钱的奴隶呀真可悲,

　　　　　　劝世人廉洁清正莫贪婪。

　　　　　　　　　　　　　——剧终

## 泸剧小戏

# 买菜与卖菜

时间:早晨

地点:菜市场

人物:大嫂,退休教师

　　　甲,卖南北杂货者

　　　乙,卖鲜肉者

　　　丙,卖水产者

　　　[舞台上设有三张桌子意示摊位,上面分别摆着三块牌子——"南北杂货"、"优质猪肉"、"新鲜水产"。

　　　[传出市场播音员的宣传声:遵守市场规则,不准出售假冒伪劣商品,不准短斤缺两,对于损害消费者利益的行为将予以严肃处理……

甲　断命格广播里天天迭能唠唠叨叨。

乙　听得(来)耳朵里老茧起还要吵吵闹闹。

丙　噜里噜苏,心里实在烦躁!

齐　呀呀呸! 都像你讲格侬哪能去赚钞票?

　　　[甲、乙、丙三名经营者不停地吆喊叫卖。

　　　[大嫂手提竹篮兴致浓浓地上。

嫂　(唱)三月春风拂大地,

　　　　　百花开放添媚娇。

　　　　　改革开放年华好,

　　　　　收入年年有提高。

　　　　　今日里,我提起小竹篮,

　　　　空闲晨光菜场跑。

　　　　（白）从来勿涉足菜场，想勿到如今菜篮子丰富（来）难以言表。

　　　　［甲、乙、丙发觉嫂的到来。

甲　阿姨侬早。

乙　婶婶侬好。

丙　老师侬俏。

嫂　（开心地）大家好，大家好，后生家真是有礼貌。

甲乙　（问内）侬哪能把伊老师叫？

丙　憨勿啦？伊戴了眼镜我一轧苗头就知晓。

甲乙　有道理，伲也跟伊迭能叫。

丙　跟我叫？我看还是靠边勿噜嘈。

嫂　（疑惑）你们哪能晓得我是老师本姓曹。

丙　咦，侬真健忘，我是侬教过的学生叫小刁。

甲　我格名字叫宝宝。

乙　我格雅号叫巧巧。

嫂　哦，人老珠黄，看我格记性，当初格宝宝如今都已年纪勿小。

齐　侬今朝哪能有雅兴来菜场跑跑。

嫂　（唱）辛勤耕耘数十载，

　　　　培育新苗忙执教。

　　　　如今退休离学校，

　　　　照顾家庭做起买汰嫂（烧）。

　　　　今朝第一回到菜场来，

　　　　眼花缭乱东西真不少。

甲乙丙　（合唱）原来是刚刚退休格老阿姨，

　　　　初来菜场没头脑。

　　　　让我上前献殷勤，

　　　　向伊介绍商品赚钞票。

齐　（白）曹老师……（各人争先恐后）曹老师，我来……

甲　喂……到底啥人先介绍？

乙　还是由我先轮到。

丙　我看还是老办法，伲来猜叮隆咚最公道。

齐　好、好、好!

　　[三人划拳比赛

嫂　（一旁笑）迭帮年轻人真是有趣惹人笑。

甲　看来还是我格运道好，曹老师——

　　（唱）老师你听我来介绍，

　　　　　我这里品种多来勿勿少，

　　　　　有蘑菇、香菇、金针菇，

　　　　　香肠、粉丝、豆腐脑，

　　　　　海蜇皮、笋干、肉松大蒜苗，

　　　　　五香牛肉配调料，

　　　　　绿色食品味道好，

　　　　　价廉物美任你挑，任你挑。

乙丙　（接唱）价廉物美任你挑。（各指自己的摊位）

嫂　你们真是热情周到，格么我来一斤香菇、两盒豆腐、三斤笋干、四斤大
　　蒜苗。

甲　（边称边说）这桩生意勿大还勿小。

嫂　咦，迭格笋干哪能白得（来）我从来勿曾看到?

甲　迭个是经过杀菌消毒，老师侬吃了才知味道好。

乙丙　（对白）老师、老师嘴上叫，讲啥杀菌消毒，当人家都是傻帽。

甲　老师，总共是五十三元，找头侬拿好。

乙　曹老师，接下来侬该到我这边来报到。

　　（唱）我的猪肉本自产，

　　　　　家中圈养质量高，

　　　　　勿吃泔脚勿吃荤。

众　（夹白）格么吃啥?

乙　（接唱）只吃粗粮和野草。

甲丙　（旁白）嘘——，吹牛!

乙　（接唱）故所以只长瘦肉不长膘，

　　　　　肉质鲜嫩味道好，

　　　　　清蒸蒸红烧烧，

　　　　　老师侬吃了定会掉眉毛。

（白）哪能,要勿要来半只猪身外加一副肚里嘈。

嫂　（笑）喔唷,半只是要吃到年末梢,难得侬一片热情,格么我来称格三斤精
　　肉还有两只猪脚爪。

乙　好,请侬稍等我马上就好。（用电子秤）精肉三斤二两秤头还勒翘,外加
　　两只猪脚爪,八十五元五角,零头去脱我也勿计较。

嫂　（付钱）好、好、好!

乙　欢迎下次光临,老师侬走好。

丙　噜哩八苏等得我好心焦。老师请侬到这里看看买点啥格好?

嫂　好、好、好,今朝我第一趟来菜场心情好,多买点回去好烹调。

丙　曹老师——

　　（唱）老师啊,如今你是年事高,

　　　　　要注意身体保健康。

　　　　　高蛋白、低脂肪,

　　　　　通筋活血营养讲。

　　　　　水产对你最合适,

　　　　　清蒸赛过人参汤。

　　　　　血脂血压不再高,

　　　　　保你一身幸福乐安康。

嫂　（激动地）送个囡女,体贴关怀讲得我心里甜来赛过吃了水蜜桃。

丙　曹老师,阿要来点活蹦乱跳格基围虾,再弄只甲鱼汤熬熬。

嫂　好、好、好!

　　〔丙迅速装袋、交货。嫂端详刚买的肉。

丙　老师,侬翻来覆去看,阿是选块肉上长出疱?

嫂　刚才买格选块肉是勿是侬帮我秤秤看看叫?

丙　（秤肉）二斤八两勿多还勿少。

嫂　（惊讶）啥,二斤八两? 怪勿得选能眼生,刚才伊还讲三斤二两秤头还勒
　　翘。（转向乙）后生家,侬送个电子秤我看勿牢靠!

乙　我做生意循规蹈矩,侬勿要瞎胡闹。

丙　实事求是侬分量不曾到。

乙　狗捉老鼠多管闲事,还是自己管管好。

嫂　勿管怎样,做生意总要讲公道!

乙　去、去、去！ 呒没工夫跟侬吵，侬还是搭我边上靠！

甲　刚才还老师、老师嘴上叫……

乙　算了吧，啥人是伊学生啦？ 你们是啊？ 大家都是招揽生意嘴上叫。

甲丙　反正侬一点不讲礼貌。

乙　（反问）你们讲礼貌？（指丙）用黑袋袋装水产掺杂水份难道大家勿知晓？（指甲）还有侬，过期食品，“双氧水”发泡迷惑顾客，也不是省油的料。

嫂　（拿出豆腐，念）生产日期三月二十号，今朝才三月十五号……“双氧水”发泡，就是甲醛……（惊呆）太可怕了，经常食用要命送掉。（气愤地）原来你们，假冒伪劣，短斤缺两坑害顾客都有绝招。（指甲乙丙）侬、侬，还有侬，我要到“消费者协会”，“打假办”将你们告！

［欲下。

［三人面面相觑，丙急中生智上前拦住。

丙　等等，侬要走来慢慢叫！

嫂　哪能，难道你们还要拦住去路对我来叫嚣？

乙　（作揖）勿是格，老师，勿……阿姨啊——

（唱）叫声阿姨侬熄熄火（来）慢慢跑，

且听伲来说端详。

甲乙　（接唱）熄熄火（来）慢慢跑，

且听伲来说端详。

丙　（接唱）伲本是小本生意人，

起早摸黑来奔忙。

偷图小利坑害你，

损人利己勿像样。

千错万错是伲错，

万望你，大人大量多体谅，

不忘你的好心肠。

甲乙　（接唱）千错万错是伲错，

万望你，大人大量多体谅，

不忘你的好心肠。

甲乙丙　阿姨，伲愿退货赔侬钞票。

嫂　　　年轻人啊——

　　　　（唱）你们辛苦我体谅，

　　　　　　　但利欲熏心不应当。

　　　　　　　坑害顾客骗取黑心钱，

　　　　　　　重重处罚吊销执照理应当。

　　　　　　　想一想，如果多为自己想，

　　　　　　　职业道德还要勿要讲？

　　　　　　　如果多为自己想，

　　　　　　　到头来损害了他人自己也要受遭殃。

　　　　　　　还望你们亡羊补牢来觉悟，

　　　　　　　诚实经商信誉讲！

甲　（表）阿姨，望侬勿要计较。

乙　阿姨，请侬多多指教。

丙　今后伲一定记牢。

嫂　你们好自为之吧！（下）

甲乙丙　阿姨侬真好，阿姨侬走好。（目送）唉——！偷鸡勿着蚀把米，想想
　　　　真懊恼。（醒悟）阿姨，等一等，伲要退侬钞票。

　　　　［甲乙丙追，下。

——剧终

（2003 年为《消费者权益保护法》宣传文艺专场而创作）

**沪剧小戏**

# 无瑕的次品

## 陈永明　唐彦

时间　秋天的一个夜晚。

地点　荷花家的院子内。

场景　院外荷花池塘,院内石台石凳之物。

人物　荷花,廿二岁。

　　　冬生,廿四岁。

　　　杏花,十九岁。

　　　父亲,五十岁。

幕启　[秋虫低鸣,萤火虫忽亮忽暗地飞着。

　　　[荷花剥着莲心,她左顾右盼,心神不定。

荷花　(唱)秋风凉,夜色浓,

　　　　　　月牙悄悄悬高空。

　　　　　　我剥罢莲心心难安,

　　　　　　只等那,妹妹回家把消息送。

　　　[秋风飒飒,荷花出院门张望。

　　　　　　难道说,妹妹未遇到冬生哥,

　　　　　　还是他有心不来我家中?

　　　　　　趁夜晚,我背着爹爹去找他……

　　　[父亲在幕内大声地:"荷花,回来!"

荷花　(止步,缓缓地转过身,望着父亲的方向,痛苦地喊着)爹爹!

　　　[幕后女声伴唱:荷花呀,你有何隐痛藏心中?!

父亲　（上）这样晚了，你还要去啥地方？

荷花　我想……

父亲　是不是又要去找冬生？

荷花　（不响）……

父亲　（叹气）唉！杏花呢？

荷花　妹妹先去找他了。

父亲　哼！他有心躲开你，你们还要去找他?!

荷花　（低声地）他在舅舅家养病，听说今朝才回来。

父亲　（发泄地）养病？哼！你为了服侍他的病，在路上遭到这样惨的事情，他竟然一次也不来看你！县妇联、县政法部门和乡里的领导还常常来看看你，安慰安慰你，可是他……

荷花　他身体勿好。

父亲　你还在庇护他？唉——！

荷花　爹爹！

父亲　（见荷花伤心，口气缓和地）荷花，爹爹知道你心里不好受，可有什么办法呢？脚生在人家身上，他不来，我们又不能硬拉他来啊！

荷花　（低声哭泣）……

父亲　（越想越烦恼）哭有屁用！谁叫你倒霉，偏偏碰上这该死的强奸犯！（劝慰地）算了，你比如做了一场噩梦，如果冬生不来，你也不用再去想他了。

荷花　（不响）……

父亲　你还是早些去困吧！（欲下）

　　　〔幕后自行车铃声。

杏花　（喊上）姐姐！姐姐！（见父亲）喔，爹爹，您还没有困啊？

父亲　你管我困勿困！姑娘家，要你瞎起劲，塌台还塌到外面去！

杏花　冬生哥好久没有来了，今朝是姐姐的生日，我去叫他来看看姐姐，这有啥塌台？

父亲　哼！

　　　（唱）俗话讲，佛争清香人争气，

　　　　　　你爹爹一向重脸皮。

　　　　　　冬生他躲着不来为点啥？

　　　　　　　还不是想与你姐姐断情义。

　　　　　　　他要嫌弃你姐姐，

　　　　　　　你再去找他就不知趣！

杏花　　(唱)爹爹休要瞎猜疑，

　　　　　　　冬生哥怎会无情义？

　　　　　　　姐姐赠他的"双莲心"，

　　　　　　　我见他横看竖看看不厌。

　　　　　　　定情物上刻的"心心相印"四个字，

　　　　　　　他不知念了多少遍。

　　　　　　　倘若他对姐姐来嫌弃，

　　　　　　　又怎会对着信物落眼泪？

荷花　　妹妹，你讲啥？

杏花　　冬生哥朝着"双莲心"哭了！依我看，他时时刻刻在想着你姐姐！

荷花　　(感动地)冬生，你真好！

父亲　　(对杏花)你没有问他，为啥好久不来？

荷花　　他在苏州娘舅家养病，今朝刚回家。

父亲　　这样看来，爹爹是错怪他了。

杏花　　你当然错怪冬生哥了！

父亲　　好，只要他来了就好！

杏花　　爹爹，你放心去困吧，等歇冬生哥来了，你在此地要碍手碍脚的。

父亲　　你也替我走走开，让你姐姐和冬生好好谈谈！(下)

杏花　　晓得！(看到荷花在剥莲心)姐姐，你剥这许多莲心作啥？

荷花　　冬生他喜欢吃的。

杏花　　嘻嘻！你把他当成猪八戒大肚子了。

荷花　　看你，嘴巴里讲不出好话。

杏花　　唷，心疼了？啊呀，不要剥了，快进房去换件衣裳吧。

荷花　　这身上衣裳不好看？

杏花　　晚上穿，颜色太暗，换件鲜艳点的吧。

荷花　　(看着自己的衣裳)好吧。(欲下)

杏花　　(玩笑地)姐姐，你干脆去打扮一番，再拿我的胭脂擦擦，口红涂涂，冬
　　　　　生哥见了你，他会更加喜欢你的。

荷花　你呀,当我姐姐是啥等样人了。

杏花　这有啥啦,如今的农村女青年,也要爱美嘛! 不过,你涂了口红,不要
　　　弄得冬生哥一脸一嘴巴哦! 哈……

荷花　(追打)看你嘴巴再讲!

杏花　(求饶)好姐姐,我不说了。

荷花　你呀,真坏!

杏花　嘻嘻!

荷花　(走到院门口张望)他哪能还没来?

杏花　说不定马上就要来了,你快进去换衣裳吧。

荷花　好。(下)

杏花　让我去看看冬生哥来了没有?(出院门)哎,来了! (轻喊)冬生哥!

冬生　(上)杏花妹。

杏花　你来了。

冬生　嗯。你姐姐呢?

杏花　她呀,眼睛也要望穿了! (向内)姐姐,你快来呀!

　　　[荷花换了件新衣服上。

　　　[荷花、冬生相对无言。静场。

杏花　冬生哥,你们好好谈谈吧! 哎,姐姐,我去烧莲心汤了,你们尽管……

　　　(向荷花挤眉弄眼地下)

　　　[萤火虫在荷花池畔忽亮忽暗地飞着。

　　　[幕后女声伴唱起:

　　　　　你看我来我望你,

　　　　　默默相对情相依。

　　　　　一个是秋水伊人意切切,

　　　　　一个是心乱如麻头难理。

荷花冬生　(同唱)我想他(她)盼他(她)又怕见到他(她),

　　　　　面对他(她),不知如何来开言?

　　　[少顷,荷花冬生步步走近。

荷花　冬生!

冬生　荷花!

荷花　冬生,我……

  [荷花扑在冬生身上,委屈地哭着。

冬生 (心情沉重,慢慢地板起荷花的脸,仔细地打量着)荷花,你瘦多了!

  (唱)一月前,你脸泛红晕似花苞样,

    一月后,你面容憔悴颜无光。

    如今你像折断的鲜花落污泥,

    恨只恨该死的歹徒丧天良!

荷花 (唱)一月来,我两眼望断屋前路,

    一月来,我时刻将你来盼望。

    实指望,我受损的心灵得到你安抚,

    谁知你,像鹞子断线飞远方!

冬生 (唱)非是冬生躲一旁,

    非是冬生将你忘。

    你被辱的消息传来后,

    冬生我当头犹似击一棒,

    旧病刚好又添新病,

    整日里,我是不声不吭蒙头躺。

    母亲怕我闷闷不乐再酿成病,

    硬撵我到舅舅家中去疗养。

    我今朝刚刚回家来,

    顾不上旅途疲劳将你望。

    荷花呀,是我生病连累你,

    为了我,你夜归途中遇流氓,

    暴力之下遭奸污,

    害得你纯洁的心灵受创伤。

    看来我,今生欠你难还偿,

    只求你对我原谅再原谅!

荷花 (唱)冬生休要这样讲,

    你生病,荷花照料理应当。

    恨只恨,万恶不赦的强奸犯,

    人面兽性天良丧!

    害得我洁白的身子遭了污,

　　　　　　委屈你冬生多情郎。

　　　　　　如果要说原谅的话,

　　　　　　希望你对我荷花多原谅!

　　　　　　冬生,你说是吗?

冬生　这……

荷花　你哪能啦?

冬生　我,没有啥。

荷花　我看你有心事?

冬生　呃,没有。

荷花　那你在想啥?

冬生　(旁白)唉,叫我哪能对她讲?

荷花　冬生,你为啥不讲话?

冬生　我想我俩……

荷花　我俩怎样?

冬生　我俩么……

荷花　你说呀!

冬生　这……

荷花　(旁唱)他为何讲到"我俩"话勿响?

　　　　　　难道说,这"我俩"下面有文章?!

冬生　(旁唱)她紧追不放问"我俩",叫我如何对她讲?

荷花　(旁唱)莫非他,对我遭遇不同情?

冬生　(旁唱)我岂能雪上再加霜?!

荷花　(旁唱)探一探,他究竟态度怎么样?

冬生　(旁唱)这件事,我还须权衡再思量。

荷花　(走近)冬生,我问你,今朝是什么日子?

冬生　(茫然摇头)……

荷花　你连今朝的日子也忘了?

冬生　喔,是你的生日!

荷花　还有呢?

冬生　不知道。

荷花　冬生,你还记得吗? 今朝是我俩的好日子。

冬生　我俩的好日子……

荷花　对,冬生!

　　　(唱)三年前,怎能忘,

　　　　　也是我荷花生日的那晚上。

　　　　　看月牙,慢慢爬上柳树梢,

　　　　　院子内,也是坐着你我俩。

　　　　　我们是说不完的悄悄话,

　　　　　相依相偎诉衷肠。

　　　　　你痛恨朝三暮四的薄情人,

冬生　(唱)你赞美爱情忠贞品高尚。

荷花　(唱)我们俩志同道合情相投,

冬生　(唱)各自把爱慕之心胸中藏。

荷花　(唱)突然间大家沉默声不响,

冬生　(唱)只觉得,二颗心儿跳得慌。

荷花　(唱)冷不防,你握住荷花一双手,

冬生　(唱)羞得你眼睛不敢对我望。

荷花　(唱)你说道,非我荷花誓不娶,

冬生　(唱)你答道,非我冬生不嫁郎!

荷花　(唱)我赠你定情之物"双莲心",

冬生　(唱)我把那"心心相印"刻在莲心上。

荷花　(唱)这美好的回忆多幸福,

冬生　(旁唱)偏偏她,倒霉遇上贼流氓!

荷花　(唱)今宵我俩又聚首,

荷花　(同唱)荷花我,心里好似吃蜜糖。

冬生　(同唱)冬生我,好似饮了黄连汤。

荷花　冬生,你没有忘记我们订的盟誓,怪不得我妹妹看见你……

冬生　她看见我啥?

荷花　(心里甜蜜地)见你看着"双莲心",念着"心心相印"对吗?

冬生　呃……

荷花　冬生,你真好!(上前握住冬生的手)啊呀,你双手哪能冰冷?我们还
　　　是进屋里去吧。

54

冬生　不用了,等一歇我要回去了。

荷花　啊呀,你莲心汤也没有吃,我去看看妹妹烧好了没有。(下)

冬生　(看着荷花背影,思绪纷乱)唉——!

　　　(唱)她那里满脸喜悦笑盈盈,

　　　　　　我这里心乱如麻理不清。

　　　　　　三年来,我与荷花俩相爱,

　　　　　　她情深意切对冬生。

　　　　　　还亲手做成"双莲心",

　　　　　　赠予我冬生常伴身。

　　　　　　"双莲心"呀心相印,

　　　　　　这海誓山盟我亲口订。

　　　　　　如果与她婚来结,

　　　　　　难道我心甘情愿爱"次品"?

　　　　　　到那时,羞见至亲好朋友,

　　　　　　岂不委屈到终生?

　　　　　　倘若今宵情义断,

　　　　　　她深受刺激我心不忍。

　　　　　　无辜之人被我弃,

　　　　　　群众对此有舆论,

　　　　　　谴责我冬生不道德……

　　　　(白)这,如何是好?

　　　[画外音,"冬生,你真好! 你没有忘记三年前我俩订的盟誓!"

　　　[画外音:"冬生,听娘话快与荷花一刀二断! 否则,娘不认你这个

　　　儿子!"

冬生　娘呀!

　　　(接唱)你逼得我冬生无路行!

　　　[冬生痛苦地徘徊着,远处秋虫低鸣。

冬生　(唱)临行时,母亲她双膝跪在我面前,

　　　　　　她软硬兼施挟冬生,

　　　　　　给我存款一千元,

　　　　　　要我快刀断爱情。

说什么,荷花虽好已失身,

似白布染污汰勿清。

倘然将她娶进门,

有损家庭好名声。

娘亲不肯认媳妇,

情愿服毒丧老命。

此事叫我怎么办……

[画外音哭泣声:"冬生,娘只有你这个儿子,这一切都是为你好!你如果不与荷花断绝,我情愿死在你的面前!"

冬生　娘,我……

　　　(接唱)我只得硬硬心肠去说明。

荷花　(端着莲心汤上)冬生,快来吃桂花莲心汤吧。

冬生　(不响)……

荷花　(上前)我晓得你爱吃甜的,多替你加了二勺白糖,你快趁热吃吧。

冬生　(推开)我不想吃。

荷花　你不是喜欢吃的吗?

冬生　我身体勿好,吃勿进。

荷花　那你……

杏花　(端着锅子上)冬生哥,你看,今朝够你吃的了。

荷花　妹妹,他身体勿好,吃勿进。

冬生　荷花,辰光勿早,我要回去了。

荷花　也好,让我送送你。

冬生　不用了。(走了几步又回过来)荷花,我……

荷花　还有啥?

冬生　(从身上掏出一只盒子)这东西……

杏花　冬生哥,是不是给我姐姐的生日礼物?

荷花　给我的?

冬生　嗯。

杏花　是啥东西?拿出来看看。

冬生　(按住,对荷花)让我回去后,你再看吧。

杏花　喔唷,还要保密哩。姐姐,我看里面一定是你结婚时戴的首饰,不是项链就是戒指。不过,冬生哥,你也用不着保密呀! 喔,对了,说不定里面还有卿卿我我的情书呐。

荷花　(心里乐滋滋地)妹妹,看你!

杏花　冬生哥,我猜得对吗?

冬生　呃……

杏花　唷,有啥勿好意思的,拿出来让我见识见识。

　　　[杏花说着揭开盒盖,里面先取出存款单。

杏花　这是啥呀?(一想)喔,是情书吧?

冬生　是存款单。

荷茶
　　　存款单?
杏花

杏花　(发现双莲心)咦,这是姐姐的……

荷花　(接过,在月牙微光下看着)啊!"双莲心"!

杏花　姐姐,这……

荷花　冬生,这"双莲心"……

冬生　荷花,你、你就原谅我吧!

　　　[荷花完全明白了,她被这突然来的打击愣住了。

　　　[杏花上前扶住荷花。

　　　[秋虫在低鸣着。

　　　[幕后伴唱声起:

　　　　　　冬生他,退回信物"双莲心",

　　　　　　荷花是,顿觉冰冷半截身。

　　　　　　"双莲心"呀心相印,

　　　　　　信誓旦旦,旦旦信誓化烟尘。

荷花　(捧着"双莲心"伤心地)

　　　(唱)"双莲心"呀"双莲心",

　　　　　　你无辜被人来弃扔,

　　　　　　难道你不受人珍惜?

　　　　　　难道你只被人看轻?

　　　　　　难道你命运也凄凉?

　　　　　　难道你与我一同伴孤灯?

杏花　姐姐,你不要难过,我去叫爹爹出来。(下)

冬生　(哀求地)荷花,你就原谅我冬生吧!

荷花　(不响)……

冬生　荷花,你骂我打我都行。

荷花　(摇摇头)……

冬生　那你想开些,自己身体……

荷花　(低声地)你别管我,快回去吧。

冬生　(从地上拾起存款单)荷花,这是……

荷花　(看也不看)你快走吧!

冬生　那我……走了!(冬生欲下,杏花与父亲上)

杏花　冬生哥,你慢点走!

父亲　冬生,我不是硬要把荷花嫁给你,可是,做人也要讲些良心!

荷花　爹爹,你别说了!

父亲　(粗暴地)照你这副样子,你只好自己晦气! 活该!

杏花　爹爹,你心里有气,也勿该把气出在姐姐身上啊!

冬生　千恨万恨,要恨那万恶不赦的强奸犯,他害得我们不能……

杏花　冬生哥,既然我姐姐是受害者,她是无辜的,那你为啥要与她断绝呢?

冬生　这……

杏花　冬生哥,你讲呀!

冬生　我……

杏花　我要你回答!

冬生　唉,你叫我怎么说呢!

杏花　冬生哥!

　　　(唱)我姐姐,只不过被那恶狗咬一口,

　　　　　　为什么,你对她的感情薄如绸?

　　　　　　为什么,无辜之人被歧视?

　　　　　　为什么,你为此就要提分手?

冬生　(唱)你姐姐虽被恶狗咬一口,

　　　　　　但这块伤疤永存留。

　　　　　　虽说是三年相爱情义厚,

　　　　　　怕只怕,牵动荷花带着藕。

倘若有人笑我娶"次品",

众人　次品?

冬生　(自觉说漏了嘴)呃……

杏花　你说,啥叫次品?

冬生　被人糟蹋过的人,说起来总是次品,我怕今后有人笑话我……

　　　(接唱)到那时,我没有勇气见亲友!

荷花　你……(身体失去控制,欲倒)

杏花　(急忙扶住)姐姐!

父亲　你这没有心肝的东西,她是为服侍你才遭到不幸的啊!

冬生　对不起,原谅我不该说出这样的话。

杏花　(气愤地)我姐姐天天盼,夜夜望,实指望你来安慰她,让她心里少痛苦

　　　些,可是你反而在她伤口上撒把盐,你、你、你还有一点道德吗?你还

　　　有一点人性吗?!

冬生　其实我心里也很痛苦,也很矛盾!

荷花　(呆呆地望着"双莲心")我是次品?这"双莲心"也是次品?

冬生　(走近)荷花,你对我的情义,我冬生永生永世不会忘记的!(掏出存款

　　　单)这一千元是我娘给你的,也是我的一点心意,你就收下吧!

荷花　(转过身,眼睛盯着存款单)一千元?

冬生　你收下吧,这样我心里会好受些。

荷花　(苦笑)你拿这一千元,可以抛掉我这个次品了,是吗?

冬生　这……

荷花　你用这一千元,可以心安理得了,是吗?

冬生　我……

荷花　你用这一千元,可以卖掉这……(哽咽)三年来,与你朝夕相伴的"双莲

　　　心",是吗?

冬生　荷花……

荷花　(抚摸着"双莲心",痛心疾首地)"双莲心"呀"双莲心",你是我娘生前

　　　最珍贵的物品,是用一块洁白洁白的白玉做成的,也是我荷花……(悲

　　　泣地说不下去)你们为什么要看轻它啊?!

杏花　姐姐!你……

荷花　这"双莲心"上的"心心相印"要它何用!(将"双莲心"在石板上使劲

地磨着）

冬生　（跌跪在荷花面前）荷花，我冬生对不起你呀，你就饶恕我吧！

杏花　冬生哥，虽然万恶的强奸犯残害了姐姐，但无损于她一颗纯洁的心！可是你们为什么还要再来伤害她的心呢？逼得她如此地步，这究竟是为什么啊?！

冬生　我……

父亲　（再也耐不住了）你替我滚吧！我就勿相信，没有你冬生，我女儿就嫁不出去了！

荷花　（看着"双莲心"喃喃地反复着）"双莲心"、"双莲心"，你不是次品，不是次品啊！

杏花　姐姐！姐姐！

（幕后伴唱）

　　　　"双莲心"呀"双莲心"，

　　　　纯洁无瑕是珍品，

　　　　它寄托着荷花情和义，

　　　　为什么，这真挚的爱情被看轻?！

〔萤火虫在荷花池边忽亮忽暗地飞着。

〔远处秋虫低鸣着。

——幕渐闭——

（此剧获苏州市纪念苏州建城 2500 年戏剧征文小戏二等奖）

沪剧小戏

# 金字招牌

时间:现代

地点:街头巷口

人物:阿凤,三十九岁

阿祥,二十四岁

老好婆,八十八岁

〔幕启。阿凤挑着豆腐担上,担子一头挂着"李家豆腐"醒目的小招牌

阿　凤　(唱)穿马路,走小街,

阿凤我,挑着豆腐满路卖。

侬李家,家传豆腐名气响,

全乡可称头块牌。

头块牌,规矩大,

保质保量,买卖必须招牌挂,

只怪我昨晚疏忽开小差,

将一缸豆腐来做坏,

本当勿想出门卖,

为只为"大团结"钞票要嫌回家。

要赚铜钿难顾全,

我只得,将李家的规矩一边摆。

(歇担)反正侬男人出门去勿会晓得,再说现在经济政策放宽,鼓励

大家赚钞票发财,只要我格豆腐吃勿死人,就是味道勿好有啥要紧!

(环顾四周)啊呀,现在人家上班的上班,下田的下田,叫我迪担豆腐

去卖给啥人啊！哎,那边大门口坐着一位老好婆,让我去兜兜生意看!(喊)喂! 老好婆,阿要买豆腐?

［老好婆撑着拐杖从幕内上场

老好婆　侬阿是喊我?

阿　凤　是格,老好婆,阿要买豆腐?

老好婆　豆腐,嘻嘻,我只要听到豆腐,馋唾水就要滴下来了。侬看,牙齿都落光了,吃豆腐最最配我格胃口。

阿　凤　那侬就多买一点。

老好婆　好格好格,让我去拿家生来。(欲走又止)哎,我说卖豆腐的阿妹,侬格豆腐是哪一家做格?

阿　凤　(指担上招牌)侬看,是李家豆腐!

老好婆　(看牌)啥,是李家豆腐!(揩嘴巴)说到李家豆腐,我嘴巴里格馋唾水含也含勿住哉! 迪个豆腐好,好!

阿　凤　老好婆!

　　　　(唱)侬看这"小相豆腐"呱呱叫,

　　　　　　吃到嘴细腻滑嫩味道好,

　　　　　　串汤豆腐,小囡吃仔勿肯放,

　　　　　　勿给伊吃要跟侬吵,

　　　　　　麻花豆腐,大人吃仔嘴巴舔,

　　　　　　鲜得到要侬眉毛掉,

　　　　　　清炖豆腐,老人吃仔连三碗,

　　　　　　胜过人参大补膏,

　　　　　　俗话讲,豆腐赛过白马肉,

　　　　　　价廉物美营养高,

　　　　　　如若侬经常豆腐吃——

　　　　(夹白)老好婆啊,勿是我当侬面说得好,侬面孔上格皱纹啊——

　　　　(接唱)我包侬,每天少脱三四条!

老好婆　嘻嘻,迪能是要变成小后生了,那我迪根拐杖棒也用勿着撑了。对了,我能活到八十岁,一世就是爱吃豆制品。

阿　凤　所以侬寿长。好婆,侬就买伊格十块?

老好婆　吃勿脱格,等歇佢孙子会带菜回来格。

阿　凤　啊呀,哪能会吃勿脱? 喏,油里煎煎、隔水蒸蒸,家常豆腐,红烧豆
　　　　　腐,就是用小麻油拌拌也好吃的,侬就拿个十块吧。

老好婆　喔唷唷,侬勿要讲了,我格馋唾水哪能又要滴下来了,好,我去拿锅
　　　　　子来!(下)

阿　凤　搭迪位老好婆做生意倒蛮吃力格!

　　　　　〔阿祥从幕内喊上。

阿　祥　阿凤姐,今朝哪能侬出来卖?

阿　凤　侬师傅传授技术去了,只好我出来卖。

阿　祥　啊呀,勿少老主顾还在师傅格摊头上勿肯走,他们讲家里来了客人,
　　　　　一定要尝尝李家做格豆腐。

阿　凤　侬做格豆腐,勿是一样的。

阿　祥　我哪里及得上师傅家做格豆腐,再讲我格豆腐也一歇歇卖光了。

阿　凤　让我做好仔一桩生意就去。

　　　　　〔老好婆拿钢精锅上。

老好婆　卖豆腐格阿妹,替我捉、捉……

阿　凤　捉伊十块对伐?

阿　祥　老好婆,我师傅家做格豆腐吃仔包侬满意!

老好婆　对格! 对格!

阿　凤　十块豆腐,钞票八角。

老好婆　好格好格。(从纸包里拿钱)勿错格。

阿　凤　好婆,是八角勿是八分。

老好婆　我想十块豆腐哪能介便宜。(再点钱)

阿　祥　老好婆,拿张一块头,找侬二角。

老好婆　大块头铜钿勿去拆开伊哉,零散钱票凑凑满算了。

阿　凤　迪桩生意做下来我背心头格汗也出来了。好,我伲走吧。(收拾货
　　　　　担)

老好婆　(边讲边走)嘻嘻,李家豆腐我最最喜欢吃格!(手捞豆腐,吃)哪能
　　　　　味道有点说勿像话勿像格!(再捞吃)喔唷,酸溜溜、苦津津。(急忙
　　　　　喊)喂! 上当货,勿好吃格!

阿　祥　(停住)老好婆,迪个豆腐是好格!

老好婆　好格屁!

　　　　　　　（唱）迪个阿妹真滑头,

　　　　　　　　　　生格油嘴巧舌头。

　　　　　　　　　　说什么"小相豆腐"呱呱叫,

　　　　　　　　　　细腻滑嫩好吃口。

　　　　　　　　　　说什么"小囡吃仔勿肯放",

　　　　　　　　　　我看是,闻着味道就逃走。

　　　　　　　　　　说什么"大人吃仔嘴巴舔",

　　　　　　　　　　我看是,吃仔下去要拖(太)舌头。

　　　　　　　　　　又说道"老人吃仔连三碗",

　　　　　　　　　　依我看,这三碗下肚将老命丢。

　　　　　　　　　　这豆腐又苦又涩酸溜溜,

　　　　　　　　　　敢冒牌李家豆腐来出售。

　　　　　　　　　　任凭侬嘴巴会讲花舌头,

　　　　　　　（夹白）我老太婆啊——

　　　　　　　（接唱）勿是木头木脑格老木头!

　　　　　　　（白）豆腐拿去,把铜钿还我!

阿　祥　老好婆,迪个勿是冒牌货,侬看,李家豆腐的招牌还挂在上头哩!

老好婆　迪个叫"挂羊头卖狗肉",李家做格豆腐我从姑娘家吃到老太婆了,
　　　　哪能格味道我还勿清楚?

阿　凤　阿祥,勿要同伊噜苏,我伲只管走。

老好婆　走?勿退还铜钿,哐没迪能便当!

阿　祥　阿凤伯,迪个老好婆是伲李家豆腐几代人格老主顾了,伊有意见,我
　　　　伲要虚心听听,说勿定这豆腐……

阿　凤　啊呀!

　　　　　　　（唱）侬也同伊一样哐清头,

　　　　　　　　　　伊分明瞎三话四扳错头,

　　　　　　　　　　说我豆腐勿好吃,

　　　　　　　　　　我看伊是伤风感冒嗡鼻头!

老好婆　啥?我是嗡鼻头,我看侬倒是嗡鼻头,连迪能酸格味道都闻勿
　　　　出来!

阿　凤　哼!

阿　祥　　大家勿要争了,让我来尝尝看!(欲尝)

阿　凤　　(忙将阿祥拉过一旁)憨大,有啥尝头!告诉侬勿要响出去,豆腐是
　　　　　被我做坏脱了。

阿　祥　　啊!做坏脱了!

阿　凤　　(急忙掩住阿祥嘴巴)叫侬勿要响,侬……

老好婆　　哼,瓶口好扎,嘴巴难封!

　　　　　[阿祥到担里尝了尝,急忙吐了出来。

老好婆　　小阿弟,我迪能大格年纪总勿会瞎说伊吧?

阿　凤　　有啥大惊小怪,豆腐总归有点味道格。

老好婆　　迪个味道比药还难吃!

阿　祥　　阿凤伯,我看勿要再卖了,钞票退给老好婆吧。

阿　凤　　退,侬哪能介憨格?

老好婆　　侬把做坏格豆腐卖给我,叫人家睁开眼睛吃老鼠药。

阿　凤　　迪个豆腐吃仔下去总勿见得会死脱!

老好婆　　也呒没迪能做生意格!招牌倒挂仔蛮好,卖出来格豆腐哪能介
　　　　　蹩脚?

阿　凤　　呒没功夫搭侬缠嘴!(挑起担欲走)

老好婆　　侬想做白脚花狸猫溜快快,是伐?快把铜钿还我!

阿　祥　　(掏钱)老好婆,这八角钱我来还侬。

老好婆　　(接钱)还是侬格小阿弟讲道理!(对凤)喏,迪个豆腐也还给侬!

阿　凤　　勿要侬格钞票,送给侬吃总好了!

老好婆　　哼!我就是馋唾水滴到脚板头也勿要吃侬格蹩脚豆腐!(将豆腐倒
　　　　　掉,自言自语地下)

阿　凤　　侬!

阿　祥　　算了。

阿　凤　　小伙子,象侬迪能做生意,钞票是赚勿着格!

阿　祥　　嘻嘻,换仔我今朝钞票就勿想赚了。

阿　凤　　做生意勿赚钞票当憨大!

阿　祥　　赚钞票也要嫌得合情合理呀。

阿　凤　　小鬼,侬是打碎水缸隔壁的听哇。

阿　祥　　侬勿要多心。不过,阿凤伯出来卖豆腐做啥要挂迪个招牌?

阿　凤　亏侬还是李家门上格徒弟！挂招牌是李家豆腐的规矩,再说,现在
　　　　名声在外,挂了招牌,来买格人就多了。

阿　祥　侬今朝格豆腐,人家买回去勿要……

阿　凤　迪个侬勿懂了,人家上当买回去也怪勿到倪李家头上。

阿　祥　啥?

阿　凤　我问侬,平时倪啥人出来卖格?

阿　祥　师傅!

阿　凤　对了。人家认得侬师傅,不认得我,就是上当买回去,哪能会怪到李
　　　　家头上呢?

阿　祥　啊? 阿凤伯,侬迪能做是更加缺德了。

阿　凤　哇啦哇啦做啥? 迪个是赚钞票的门道!

阿　祥　迪个是啥格门道?(摇头)嘿嘿……

阿　凤　做啥嘿嘿? 来,帮我挑仔走!

阿　祥　(旁白)哪能办?(一想)对,我只有迪能!

阿　凤　(弄好担子)阿祥,快呀!

阿　祥　噢,来了!
　　　　(唱)挑起担子拨脚走——

阿　凤　慢!
　　　　(接唱)侬走格方向勿对头。

阿　祥　走得蛮对。

阿　凤　走得勿对!
　　　　(接唱)菜市场,明明设在西街口——

阿　祥　啥?
　　　　[阿凤将阿祥和担子拨转了个方向

阿　祥　勿对勿对!
　　　　(接唱)师傅家住在前面东东沟。
　　　　[阿祥又把身子拨了过来

阿　凤　(拉住担子)今朝侬哪能啦?

阿　祥　(故意地)我走得勿对?

阿　凤　(接唱)是侬讲,老主顾还等在菜摊头——

阿　祥　(似明白过来)喔——

（接唱）等久了,只怕他们早已走。

阿　凤　（接唱）侬今朝搞啥鬼花头?

　　　　　　　耽搁我辰光,我拿扁担敲侬头!

阿　祥　阿凤伯,扁担敲勿得格。

阿　凤　侬啊,只有结仔婚,叫侬老婆管得侬服服帖帖!

阿　祥　（嬉皮笑脸地）看来师傅也给侬管得服服帖帖喽?

阿　凤　去,呒大呒小格!

阿　祥　嘻嘻……

阿　凤　迪能吧,侬一早起来也蛮辛苦了,担子勿要侬帮我挑了。

阿　祥　那侬?

阿　凤　我就在这一带卖了。

阿　祥　我看侬勿要卖了,早些回去算了。

阿　凤　那迪担豆腐?

阿　祥　挑回去给"大耳朵"吃。

阿　凤　给"大耳朵"吃,亏侬想得出格!

阿　祥　如果师傅在家里,伊绝对勿许侬迪能做格!

阿　凤　勿准? 哼!

　　　　（唱）侬师傅就是我丈夫,

　　　　　　　做丈夫也应该听老婆。

　　　　　　　再说道,赚回格钞票归自家,

　　　　　　　勿见得,"大团结"挣来喊赚多!

阿　祥　勿,我记得——

　　　　（唱）有一趟,师傅叫我豆腐做,

　　　　　　　我粗心大意出差错,

　　　　　　　黄豆多浸泛了沫,

　　　　　　　烧浆时,又勿该烧红大铁锅,

　　　　　　　豆腐做好正要卖,

　　　　　　　师傅追来拦住我,

　　　　　　　他说道,李家豆腐规矩大,

　　　　　　　保质保量勿能拆烂污,

　　　　　　　伊定要叫我挑回转,

慰劳了两只"大耳朵"。

阿　凤　（唱）侬师傅人称憨阿大，

　　　　　　　勿会赚钱只会做，

　　　　　　　如若象伊呆板相，

　　　　　　　人家发财伊还苦。

阿　祥　（唱）师傅经常教导我，

　　　　　　　做买卖应当走正路，

　　　　　　　质量第一讲信誉，

　　　　　　　勿能以次充好货。

　　　　　　　宁愿自己贴老本，

　　　　　　　要为顾客责任负。

阿　凤　蛮好，老憨头教出来格小憨头。侬资本贴得起，我是勿做蚀本生意格！吃亏，吃亏只能让顾客去吃！（取担）

阿　祥　（按住）侬自家做坏脱格，哪能可以叫顾客吃亏？

阿　凤　老三老四，要侬起劲点啥？

阿　祥　侬如果一定要卖，那就卖给我吧！

阿　凤　喔唷，迪个霉头倒是触得我气也回勿转喏。

阿　祥　（真诚地）我是愿意买格。

阿　凤　（冷笑）辣手格，比骂还结棍啊！

阿　祥　（有些结结巴巴）我想，我想买下来给"大耳朵"吃。

阿　凤　自家也做豆腐格，豆渣豆浆猪也吃勿光，倒来买我格豆腐吃，笑话！

阿　祥　我——

阿　凤　哼！倒看勿出侬。

　　　　〔幕后声："喂，卖豆腐格阿嫂，侬把豆腐挑到伲食堂里来，我们都买下来。"

阿　凤　噢，来啦！（朝阿祥冷笑）嘿嘿！（欲走）

阿　祥　（拉住担）阿凤伯，侬应该同食堂里格师傅讲明，迪担豆腐是做坏脱格。

阿　凤　侬自家钟头勿准，叫人家也去做么五么六！

　　　　〔老好婆拿鸡食盒上，喂鸡。

　　　　〔幕后声："我说卖豆腐格阿嫂，快点把豆腐挑过来呀。"

阿　凤　噢,来啦来啦。(急忙挑担)

阿　祥　喂,食堂里格师傅,迪担豆腐还是勿要买格好!

　　　　〔幕后声:"为啥?"

老好婆　(插嘴)吃仔下去要拖(太)舌头格!

阿　凤　(朝老好婆白了白眼睛)哼!

阿　祥　(朝幕内)今朝豆腐做坏脱了,味道勿好,又苦又酸,改日再吃吧。

　　　　〔幕后声:"那我们勿要买了。"

阿　凤　(阻挡不住,气急败坏地)侬勿给我吃饭,我勿许侬撒屎!

老好婆　喔唷唷,我格撒蛋鸡给侬吓得逃脱哉!(呼鸡)寻勿着鸡,我搭侬
　　　　算帐!(欲走又回身)也呒没迪能道理格,买卖豆腐要同人家吵相
　　　　骂了。告诉侬,我迪个鸡是浦东大种鸡,一个月要撒三十只蛋了,
　　　　从小养到撒蛋,我比自家格儿子、囡还要宝贝!(自言自语地下)

阿　凤　我也呒没看到当仔人家面触壁脚格,生意触脱了,今后生意可以一
　　　　家做了,迪能侬总舒服了吧?

阿　祥　(欲走)——

阿　凤　我想想李家也呒没待错侬,侬为啥要迪能丧良心,侬讲! 侬讲呀!
　　　　(气极哭泣)

阿　祥　我,我做法虽然冒失些,可我内心是为师傅家好!

阿　凤　哼!

　　　　(唱)侬勿要刀切豆腐两面光,

　　　　　　红脸白面你一人装。

　　　　　　别以为有了本事就头颈硬,

　　　　　　欺侮我李家勿应当。

　　　　　　我问侬,侬格技术从哪里来?

　　　　　　切勿要忘恩无义把良心丧。

　　　　(白)怪我侃瞎了眼睛收着侬迪个徒弟!

阿　祥　勿!

　　　　(唱)怎能忘,师傅悉心教阿祥,

　　　　　　手把手,教会我技术把难关闯,

　　　　　　怎能忘,阿凤伯待人心善良,

　　　　　　对阿祥,似同亲生一个样。

     人非草木无情感，

     李家的恩情我永不忘。

阿 凤 （唱）嘴上说得比唱还好，

     实际却是不一样。

     既然侬，李家的情义忘不了，

     阿凤我，肚里也能把船撑。

     只要侬勿触壁脚勿阻挠，

     我就原谅侬这一趟。

阿 祥 我……

阿 凤 算了，大人不记小人过，我也勿会同侬计较格！（又挑担）

阿 祥 （急忙抓住担子的另一头）阿凤伯！

阿 凤 侬?!

阿 祥 （唱）勿是我蚂蝗叮住侬螺丝脚，

     我劝侬今朝豆腐勿要卖。

阿 凤 （唱）如今允许自由卖，

     天王老子也管勿着。

阿 祥 （唱）侬看上面挂点啥？

阿 凤 哪能啦？

   （接唱）挂的是我李家小招牌！

阿 祥 （接唱）挂上招牌为点啥？

阿 凤 喔唷！

   （接唱）侬倒像侃李家门上格老阿爹，

     今朝我，就是要把豆腐卖——

阿 祥 勿能卖！

   （接唱）我还是替侬挑回家！

   [二人背对背地同时挑起豆腐担子。

   [老好婆复上

老好婆 （自言自语地）我格心肝宝贝，总算寻着了（见二人）嘻嘻嘻，我活仔八十八岁，倒吮没看见两个人能挑一副担格。（对观众）阿是俩家仔相骂又好了，倒像小囡哉。

阿 凤 （同唱）今朝我阿凤碰着小爷爷。

阿　祥　　今朝我阿祥碰着阿凤伯。

阿　凤　　(同唱)勿给点颜色伊勿肯罢。

阿　祥　　勿给伊今朝把豆腐卖。

　　　　　〔二人争执不下,同时歇担

阿　凤　　(拿起扁担欲打阿祥)侬!

老好婆　　(急忙)打勿得格,脑壳要打碎脱格。

阿　祥　　阿凤伯,只要侬勿拿做坏格豆腐卖出去,我阿祥情愿吃侬三扁担。

老好婆　　小阿弟,三扁担侬吃勿销格,只怕一扁担下去,眼睛就要朝天翻了!

阿　凤　　我问侬,侬是市场管理人员?

阿　祥　　勿是。

阿　凤　　是我李家门上格老长辈?

阿　祥　　更勿是。

阿　凤　　那侬?

阿　祥　　我是那李家门上格徒弟!

阿　凤　　哼!我还呒没看见,徒弟要管师傅家格事体!

阿　祥　　今朝就看见了。

阿　凤　　谈也勿曾谈!我今朝就是要卖,侬看哪能?(取担)

阿　祥　　(将李家豆腐招牌取下)迪个招牌……

阿　凤　　侬?!

阿　祥　　迪个招牌勿配!

阿　凤　　啊?!

　　　　　〔二人抢招牌,僵住

老好婆　　招牌掼脱伊!

阿　凤　　侬敢!

老好婆　　小阿弟,做啥勿敢?挂羊头卖狗肉,格牌子就是要掼脱了!

阿　祥　　招牌早已掼脱了。

阿　凤　　啥?

阿　祥　　是侬自家掼脱的。

阿　凤　　我?

阿　祥　　对!是侬!阿凤伯啊!

   （唱）曾记得，我头天拜师到侬家，

      师傅他，语重声长来训话，

      他说道，李家豆腐规矩大，

      前人传下三勿卖，

      一勿卖，勿是优质决勿卖，

      二勿卖，以次充好不准卖，

      三勿卖，不挂招牌勿能卖，

      决不能把质量信誉来做坏。

      当时侬站在一旁对我讲，

      嘱咐我把李家的规矩牢记下。

      如今侬勿过质量和信誉，

      挂着羊头将狗肉卖，

      是谁把李家规矩早忘却？

      是谁将李家豆腐招牌坏。

阿　凤　（唱）就算我把李家招牌来做坏，

      同侬阿祥也勿搭界！

阿　祥　搭界格！

阿　凤　勿搭界！

阿　祥　怎说我俚勿搭界，个体户是合一块招牌合一个家！

阿　凤　我倒呒没听见合一块招牌的！

阿　凤　阿凤伯！

   （接唱）我们乡，专业豆腐有好多家，

      各家挂着各家牌，

      不论是赵钱孙李啥个牌，

   （夹白）归根到底大家挂着一个招牌——

   （接唱）挂的是，社会主义金字牌。

阿　凤　社会主义金字招牌？

阿　祥　因为我们个体户，勿是过去的个体户，是社会主义的个体户，我俚想

   的、干的，都要对得起这块社会主义的金字招牌！

老好婆　金字招牌是石铁骨硬格，勿能有一点冒牌格。

阿　祥　是啊，如今有些人趁党的经济政策放宽——

（唱）不择手段做买卖，

　　　昧着良心图发家。

　　　挂羊头，卖狗肉，

　　　产品低劣质量差。

　　　有些为了多赚钱，

　　　无故抬高市场价。

　　　有些人流散各地卖假药，

　　　对待群众危害大。

　　　这些人，"金字招牌"也高挂——

（夹白）实际他们做出来的行为——

（接唱）是把那金字招牌来砸坏！

阿　凤　（触动地）我，我。（丢下扁担）

老好婆　小阿弟，伊一根扁担放脱哉，快去拾仔藏好。

阿　祥　藏好？

老好婆　说勿定等一歇又要打侬格脑壳格！

阿　祥　老好婆，侬放心好了，伊勿会再打我的。

老好婆　勿会打侬最好。（走近阿凤）我说卖豆腐格阿妹，侬李家老辈我是熟
　　　　悉格，伊做格豆腐勿说虚头比肉还好吃哩。

阿　凤　（惭愧地，突然抢过阿祥手中的招牌）我、我……

阿　祥　阿凤伯侬？

阿　凤　我勿配挂这块招牌。（欲扔）

阿　祥　这是我伲接受群众质量和信誉监督的标记。（阿祥把牌子挂好）

老好婆　阿妹，我老太婆还是喜欢吃你们李家豆腐的。（突然脚下一滑）喔
　　　　唷唷——！

阿　祥　阿凤！老好婆　！

老好婆　喏，说到豆腐，我嘴巴里格馋唾水又要滴下来了。

阿　祥

阿　凤　　（同笑）哈哈哈——

老好婆

阿　凤　阿祥，来帮我来挑担。

阿　祥　阿凤伯，阿是挑到菜市场去？

阿　凤　侬格憨大变仔滑头了,走,挑到家里奖赏"大耳朵"去!

阿　祥　好!

　　　　〔在欢乐的音乐中闭幕。


（该剧获 1985 年苏州地区文艺会演创作表演双一等奖）

· 小品 ·

# 人命关天

地点　某乡医院

时间　傍晚

人物　胡医生、老贾、老者

[舞台上设有急救床、办公桌和电话机等。

[幕启。胡医生身穿白大褂正和酒意浓浓的老贾对弈象棋。胡医生哼着小曲；老贾不时地打着饱嗝。

老　贾　(喜形于色)炮翻打车,将军! 哈……胡医生,这下你完了。

胡医生　哎唷,完了、完了! (发觉不对)哎,我说老贾,看看清楚这车是谁的? 自己吃自己,真是邪门!

老　贾　啊,这车是我的? 看来今天我酒真的喝多了。

[电话铃声响起。

胡医生　(接电话)喂……我就是……什么,不知去向。……要我到街上进行地毯式搜索。哎呀! 我说老婆,这黑咕隆咚的,你让我上哪找啊? ……别、别、别! (下意识地摸耳朵)我去不就得了么。(搁电话)老贾,这棋等会再下,我出去一下。

老　贾　急什么? 不就是老婆一个电话么,"气管炎"。来,我俩再来!

胡医生　妻命难违,这事可不能捣浆糊。(欲走)

老　贾　慢着,今天是你值班,你一走,万一来个急病的,咋办?

胡医生　(脱下白大褂,塞给老贾)那你替我应付应付不就得了。

老　贾　(尴尬地)你知道,我是烧烧开水、拖拖地板的,又不是医生……

胡医生　哎,老贾,你就别谦虚了,你以前在村里不是做过几个月兽医吗? 大

75

　　　　　　小也是个医生,万一来了病人,你和他们捣捣浆糊不就过去了。

老　贾　(欲将白大褂推给胡医生)不行,不行,对人体医学我是一窍不通,这
　　　　种浆糊我不会捣!

胡医生　怎么不会?喏,我来教你,到我们这里来的一般都是常见病,如果来
　　　　了你就先问问是什么病,伤风咳嗽你就配一点感冒通、止咳糖浆什
　　　　么的;发高烧呢配一点阿司匹林什么的。这种药即使吃不好也不会
　　　　吃死人的。

老　贾　那万一来了个急病、重病的咋办?

胡医生　我说老贾你怎么就转不过弯来呢?急病、重病的肯定有家属陪同,
　　　　你就问几句让他们直接送市医院不就过去了吗?

老　贾　(为难地)不行、不行!

胡医生　老贾,帮帮忙了,我马上就回来。喏,我给你留拷机号码,万一你顶
　　　　不住就拷我。(急下。)

老　贾　唉——,(望着胡医生的背影,啼笑皆非)让我顶着,这不是难为人
　　　　吗?唉……(电话铃响)喂……不是,我是贾医生……不认识,哦,我
　　　　是刚调来的……对,什么?你家孩子发高烧昏迷不醒,马上送来。
　　　　(为难地)别别别!我们这里病人已经住满了,连加铺也没有了。
　　　　……这样吧,你们就直接送市医院吧……对,直接、直接,对再见。
　　　　(拍额头)乖乖,总算让我给蒙过去了。
　　　　[老者手拎农药瓶跟跟跄跄地上。

老　者　(含糊其辞地)喝……喝得痛快,喝足了,百……百事无忧。你老张
　　　　头也……也配和我决……决高低,半……半斤就趴下了,我喝了一
　　　　斤照……照样没事,还……还能喝。嘿嘿,好喝、好喝。(模模糊糊
　　　　地认出医院)就……就是这……这里。(老者跌跌撞撞地和老贾撞
　　　　了个满怀。)

老　者　你……

老　贾　哎唷,你老哥咋的啦?

老　者　什……什么老哥?没……没礼貌,应该叫……叫爹。

老　贾　(不解)叫爹?

老　者　女婿不叫丈人爹,叫……叔啊?

老　贾　(无奈地)噢,爹,您老请坐,请坐。(旁白)这酒鬼不是来看病的吧?

老　者　（举起农药瓶）来,你陪我再……再喝。

老　贾　（见瓶标签）敌敌畏！（惊,推让）不、不！你喝、你喝。噢,不对、不对,大家都别喝、都别喝。

老　者　（强横地）喝！就是要喝！

　　　　〔贾推辞,老滑倒,农药瓶摔地,老者昏迷状。

老　贾　（紧张地）哎唷,这回真是该我倒霉！（闻到农药味,拣起打破的农药瓶,似醒悟）啊呀！这老哥神志不清,莫非他喝了敌敌畏？（近前闻老者,嗅）怎么是酒味？（略思）不对,酒味是我的,是我多喝了酒。看他刚才哭笑不得的样,肯定是打着灯笼拾粪——找屎(死),我得救他。

　　　　〔老贾卷起袖管猛按老者的肚子,每按一下,老者似做仰卧起坐式。

老　贾　我说老哥哎,好死不如懒活,你快吐出来吧,（见无动静）这……怎么办呢？（手足无措,急得团团转。突然想起）哦,差点忘,胡医生不是给我留了拷机号码吗？（拨电话,围着电话焦躁地等待）,这电话真像六月里的田鸡——该嚷嚷不嚷嚷,怎么还不响呢？（转向老者）我说你也不挑个时辰,早不来晚不来,偏偏这时候来……（电话铃响,老贾急接）哎唷,胡医生,紧急情况,这里有个老头喝了敌敌畏……什么？你一时赶不来,哎唷,我说胡医生,这事可不能捣浆糊,有道是人命关天啊！什么,直接送市医院,啊呀,他可是一个人来的,没家属陪同……要我马上急救,怎么个救法……你问我有没有为牲口急救过？……那倒有过一次,上回有只牛吃了带有农药的草,我给它灌肠,结果还真让我给救活了。……一样的,也给他灌肠……哦,哦,那你也得快点过来。（搁电话,嘟哝）急急风碰到慢郎中。（老贾下而复上,手提洗衣机落水管和脸盆）皮管没找着,就用这凑合、凑合吧,反正是死马当作活马医了,醒不醒就看你的造化了。（略思）为了操作方便,还得委屈你一下。

　　　　〔老贾用绳子将老者之双手反扣在床下,然后颤抖着手用力将落水管作插入老者口腔状。

老　者　（不住地蹬脚）嗥……

老　贾　你也不要再垂死挣扎了。难受一下总比死了的好。忍着点我为你清洗肠胃。

[老贾作灌肥皂水状。胡医生匆匆上

胡医生 老贾,是谁,敌敌畏当五粮液,活得不耐烦了?

老　贾 (喜出望外地)你终于来了,我可是慌了阵脚了,现在好了,还是你来吧。

胡医生 (边穿白大褂边瞟一眼老者)你不是做得蛮好吗?不过,管子好像太粗了点。

老　贾 心急慌忙,一时哪儿找合适的?不过,我为牛灌肠那管子还要粗。

胡医生 那倒是,哎,他醒过来没有?

老　贾 醒倒好像醒了,刚才他还嘤嘤叫呢。

胡医生 (拍老贾肩)老贾,干得不差啊!

老　贾 (得意)过奖、过奖。

胡医生 (近前、惊呆)啊,是岳父!我找了半天,你竟然在这里。

老　贾 他是你岳父?

胡医生 (生气地)他喝的不是敌敌畏,是酒!你怎么就……唉!

老　贾 你怎么知道?

胡医生 他下午出来买农药,在饭馆里喝了半天的酒,刚才我出去就是找他的!

老　贾 那我怎么横看他是自寻短见,竖看他是喝了敌敌畏呢?

胡医生 看你个头,捣啥浆糊!(伸手拔出管子)

老　者 (惨叫)啊……

胡医生 (为老者揉胸捶背)我说爹啊,我们到处找你,你怎么上这儿来了?

老　者 找……找你陪……陪我喝……(作呕吐状)

胡医生 (惊)啊,血!这回糟了,肠胃出血了。(转向老贾)用这么粗的管子,有没有消毒?

老　贾 上次我为牛灌肠也没有消毒啊。

胡医生 人能跟牛比吗?人命关天,连这事你也敢捣浆糊?

老　者 (痛苦地,喘气)我快要被整……整死了。

胡医生 告诉你,我岳父有什么三长两短的,你要负全部责任!

老　贾 咳,我说胡医生,这话你可得说清楚了,是你让我替你应付、应付捣捣浆糊的。

胡医生 (语塞)你……

老　者　（怒视胡医生）闹了半天原来是你……你在捣……捣浆糊……（昏死
　　　　过去）

胡医生　（急）爹,爹你怎么啦?（沮丧地）唉——!

——剧终

（此作 1994 年获苏州市戏剧曲艺大赛二等奖）

· 小品 ·

# 大雪无痕

时间　现代,大年三十。

地点　经济开发区公交车候车点。

人物　张大三,大妈,打工妹。

　　　〔银装素裹,雪压草木。候车亭立于舞台中央

　　　〔北风呼啸,雪片飞舞,传出庙宇"当——当——"的钟声和敲木鱼的
　　　声音。

　　　〔大妈身背烧香袋(袋上印着一个大大的"佛"字),冒着风雪蹒跚
　　　地上。

大　妈　大年三十起得早,拜了观音又走庙,阿弥陀佛平安保,风雪路滑吓不
　　　倒!唉,刚刚来烧香的时候(呀)天气蛮好,一进了庙堂就大雪飘飘,
　　　没想到一下就下了几个小时,我活这么大岁数还从来没见过下这么
　　　大的雪,俗话说:瑞雪兆丰年,明年肯定收成好。这公交车不来,打
　　　的车也没有,哎呀,这车没有我怎么回去呀?(口中念念有词)阿弥
　　　陀佛,菩萨保佑……

　　　〔嘟——嘟——,传出汽车喇叭声。张大三上。

大　妈　(喜出望外)哎,车来了。(急急忙忙,滑倒)哎唷……

张大三　哎,大妈,你摔伤了吗?

大　妈　摔是没摔伤,就是屁股摔出一条缝了。

张大三　哈……大妈,你还挺幽默的,看你这身打扮,是去烧香拜佛吧?

大　妈　是呀,今天年三十烧还愿香,明天大年初一烧开门祈福香,保佑全家
　　　人顺顺当当,平平安安。

张大三　大妈,你看雪下得这么大,这么厚,那边出交通事故了,路堵了,那边
　　　　车也不过来,绕道走了,今天没车了。

大　妈　什么?今天没车了?(急)啊呀,那我今天不是回不去了吗?

张大三　没问题,我有车,喏,就停在那边,我来送你吧。

大　妈　真的,那太谢谢你了!

张大三　大妈,你家住哪儿呀?

大　妈　江南村。

张大三　好,大妈,走吧。

大　妈　(迟疑)你送我要多少钱?

张大三　不要钱,走吧。(拉大妈)

大　妈　不要钱?我在电视里看到过,生活中还没碰到过呢。

张大三　这有啥稀奇的,远在天边,近在眼前,我就是!

大　妈　你就是?哎唷,那可不一定的,说不准我一上你的车,你把车门"啪"
　　　　一关,门一锁,我就下不来了。你就斩、斩、斩,我那烧香的钱不都全
　　　　归你了?

张大三　大妈,你怎么这么说话呀?

大　妈　我知道,你们这号人呀,连我们老太婆也不会放过的!

张大三　啊呀,大妈!你想的是多余的,我的确是来做好事的。相信我,走
　　　　吧!(拉大妈)

大　妈　不要碰我,动手动脚的干吗?(欲走,差一点滑倒)

张大三　大妈,你当心!(上前欲扶大妈)

大　妈　不要碰我!你不要以为我是老太婆好欺负,我告诉你,我可是有功
　　　　夫的。不信,你试试!嗨嗨嗨!(做打拳状)

张大三　好、好、好,我真佩服了你了。嘿!今天我还真碰到双枪老太婆了。

大　妈　(走到旁边按手机,念)1—1—0。

张大三　哎、哎、哎,我说大妈,你可不要打110,真要警察来了,没事也搞出事
　　　　情来了。

大　妈　你怕了吧?

张大三　我怕什么呀?行、行、行,我不送你总行了吧?你请便,请便吧!

大　妈　这是什么人啊?哼!(急下,滑倒,手机掉在地上。)

张大三　大妈,你当心点。唉!这叫什么事啊?想做好事,怎么就这么难呀?

好人难做,难做啊!(看见地上的手机)哎,这不是大妈的手机吗?(喊,追大妈,下)大妈,大妈。

[打工妹手提旅行包匆匆上。

打工妹　改革春风吹进门,南下打工把钱挣,年关时节雪纷纷,回家过年抖精神。出门挣钱不容易吧,一年 365 天天天盼着过年,回去看看俺老爹,看看俺老妈,还有电话里"嗨那、嗨那"总也亲不够的,我俩说好了,今年回家马上成亲,还要开花结果哩(嬉笑),你说回去一次咋就这么难呢?好不容易从黄牛手里捣了一张火车票,已是大年三十了,离火车发车的时间已不到一个小时了,公交车咋还不来呢?

[张大三　拿着手机,复上。

张大三　嗨,这大妈,看她上了年纪,腿脚倒是利索,这七转八拐的一会儿不见人影了,这手机咋办呀?估计她待会儿一定会回来的,我还是在这里等吧。(看见打工妹)哎,这位妹子,你等车吧?

打工妹　是呀,俺要上火车站,下午三点半的火车。

张大三　妹子,你看,今天下了这么大的雪,没车了。

打工妹　什么?没车了?(焦急)那俺不是不能回家过年了吗?

张大三　你别急呀,我有车,我送你。

打工妹　什么?你送俺去火车站?好呀,那太谢谢你了!(迟疑,停留)哎唷,大哥,你送俺去火车站,要多少钱呀?

张大三　不要钱,走吧。

打工妹　(惊讶)不要钱,你是说送俺去火车站不要钱?

张大三　是呀!

打工妹　哎唷,啧、啧、啧,看不出来,(翘大拇指,嘲讽)你是当代的活雷锋哦。

张大三　活雷锋(么)谈不上,就学了那么一点点。

打工妹　哎唷,俺说大哥,你真当俺是外来打工没见过世面啊?你别蒙俺了!

张大三　啥?我蒙你?

打工妹　前几天电视里还在播呢,说一个坏司机在一个伸手不见五指的晚上,把个姑娘骗到举目无人的地方给"唔、唔、唔"(做奸污挣扎状)。莫非你是想模仿吧?

张大三　嗨,你看,你看,又来一个,什么伸手不见五指?(模仿)还"唔、唔、唔"。不要把世界上的人想得都那么坏,应当说还是好人多。还是

　　　　　让我送你吧,走吧。(拖箱子)

　　　　　[大妈寻找状,上。见状,在一旁观察。

打工妹　(抢行李箱)哎……你拿俺行李干吗?

张大三　我送你走呀。

打工妹　俺不要你送,你干吗抢俺的行李呀?

张大三　我不是抢你行李,你看,快五点了,时间来不及了,快走吧,我送你去
　　　　　火车站。如果你非要给钱的话,就给个拾元八元的。

　　　　　[传出远处礼花鞭炮声。打工妹迟疑心急,欲跟着张大三。下。

大　妈　(厉声)慢!我在后面看了好半天了。我说闺女,千万不能跟他走
　　　　　呀!(对着张三)好呀,刚才追我老太婆,现在又想追小姑娘了是吧?

张大三　大妈,我刚才追你是想还你手机呀!

大　妈　哎,闺女呀,你看你看,这手机好好地在我口袋里,怎么会到他那儿
　　　　　的?小子哎,你刚才对我想劫财,现在又想骗色了吧?

张大三　什么劫财、骗色?(急中生智)你看,我开的那是什么车?宝马、宝
　　　　　马呲!

大　妈　什么宝马、宝驴的?

打工妹　大妈,俺听说那个宝马要值100多万哩。

大　妈　哎呀,闺女呀,你不要相信他,说不准那宝马也是偷来的,他利用这
　　　　　个宝马去偷人抢钱,乘着大年三十想大捞一把。

张大三　哎,我说大妈,我是和你有仇还是前世欠你的?你怎么老这样咒我
　　　　　呀?你看,这上方是什么?是治安探头!

大　妈　什么探头探脑的?

打工妹　大妈,那叫电子警察,是专门协助警察来抓坏人的。

张大三　大妈,你想有哪个傻瓜会把车停在电子警察下面干坏事的?大妈,
　　　　　你要再不相信,喏,我把这身份证压在你这儿,等我把这大妹子送到
　　　　　火车站!回头我再来找你,怎么样?

大　妈　(看身份证)张……

打工妹　(接过身份证,念)张——大——三?(思索)噢,莫非你就是开发区
　　　　　振兴集团的董事长张大三?

大　妈　你是张大三啊?你就是去年给福利院捐了500万的?

张大三　一点小心意。

大　妈　你是大好人啊!

打工妹　听说你家里还收养了十个孤儿?

张大三　现在已经十二个了。

打工妹　啧……大哥你太了不起了,太伟大了,俺特佩服你! 平时报纸上看你西装革履的,今天穿成这样,俺真认不出来了。

大　妈　你福利院捐了钱,又做了那么多好事,干吗大年三十还要冒着风雪开了车来接送人呀?

张大三　大妈,你信佛,我也信佛,你拜的是庙里的观音菩萨,我拜的是大妈你、大妹子,还有所有的老百姓。我不但捐钱做善事,还要身体力行。大年三十了,天又下着大雪,正是大家最需要帮忙的时候,我开车出来就想给大家行个方便,现在你相信我了吧?

大　妈　相信、相信!(把身份证还给张大三　)

打工妹　俺相信你!

张大三　那我们快走吧!

打工妹　好来,走!

大　妈　哎,我也跟你们一起走!

张大三　好,我们一起走!

　　　　[钟声悠悠,平地朔风徒起,三人相扶前行。

(作品获 2010 年苏州市新人新作大赛一等奖)

·小品·

# 开心农场

陈永明　夏国强

时间:当代

地点:某城市家庭

人物:爸爸——农村退休教师

　　　女儿——企业白领

[幕启。舞台一侧有书桌、电脑、衣架,另一侧是沙发、茶几。女儿坐着玩电脑,先聚精会神,然后起身狂舞,唱起偷菜歌……]

女儿　哇!成功啦!偷菜成功啦!今天收获可真大,总共偷了10棵青菜、10个萝卜,外加10个大西瓜。我还要继续偷……(开心突然转伤心)唉!我有什么好开心的,人家在公司升职当科长了,我却在家偷菜、偷西瓜,我无奈,太、太、太惨了!(一屁股坐下)

[爸爸身背装满蔬菜的蛇皮袋,手提装满蔬菜的篮子上。

爸爸　城乡推行一体化,乡里乡亲成了楼上楼下,看人家热热闹闹笑哈哈,(苦笑)我们家,女儿一上班是冷冷清清,话也没人拉。幸亏我乡下老宅基还没开发,我种菜、收菜忙忙碌碌倒也潇洒。(举菜篮子)你们看,满载而归。喔,今天女儿放假,这事可千万不能让她知道,她呀,最反对我常跑乡下。(进门,放下菜篮,见女儿在玩电脑,偷偷上去)

女儿　(全神贯注地)唷,有灵芝、冬虫夏草,还有孔雀蛋。

爸爸　啊哼!(装咳嗽)

女儿　(吓了一跳)唷,老爸,你回来了。

爸爸　怎么,大清早又在玩你的偷菜游戏了?

女儿　(尴尬)哪儿呀,我是在网上和人家谈……

爸爸　(喜形于色)谈恋爱? 嗯,好! 就不知毛脚女婿什么时候上门啊?

女儿　打住! 你说话总是八九不离十的,是不是自己想找老伴了?

爸爸　老伴? 我找什么老伴? (苦涩地摇头。走到电脑旁,看出破绽,点击鼠标)唷,这上面有各种蔬菜、西瓜,一块块的菜地,不是你的开心农场是什么?

女儿　(尴尬地)我这是放松放松心情。(觉察)哎,我说老爸,你行啊,会操作电脑啦? 哎,是不是找个网友聊聊,你是退休教师,有文化,说不定到时一带劲还能放电呢! 哈……。

爸爸　(故作生气)去、去、去,又来了不是? 没大没小的! 言归正传,你违反约定,应该受罚!

女儿　罚什么呀?

爸爸　罚你在家里,做一个月的洗刷刷。

女儿　刷就刷,不就是洗刷刷,洗刷刷嘛。不过,爸,我现在肚子里在唱空城计了。

爸爸　你也知道肚子饿呀? 早为你准备好了,喏,菜篮里有豆浆,还有你最喜欢吃的小笼包。

女儿　谢谢爸,还是爸对我最好。(给爸一个吻)

爸爸　老大不小了,还这么调皮。哈……

女儿　(发觉有很多新鲜蔬菜)咦,今天怎么买这么多蔬菜呀?

爸爸　(支吾)哦……你不是喜欢吃素菜吗? 我见这些菜新鲜,所以多买了点回来。

女儿　那也不用买这么多啊? 说! 是不是又到乡下去了?

爸爸　(嬉皮笑脸地)没、没、没有!

女儿　(发现爸脚上有泥,盯着看,爸欲回避,被女儿逮住)六十出头了,也老大不小了,出门怎么还像孩子似的弄的鞋上、裤腿上都是泥巴? 老实交代,是不是偷偷地又到乡下种菜、收菜去了?

爸爸　好,好,我交代。是这样的,我不是每天要早锻炼吗? 我跑啊跑,跑啊跑,哎,不知不觉就跑到我的菜地里去了。

女儿　还想狡辩? 好,你违反约定,罚!

爸爸　罚什么呀?

女儿　罚你做一个月的洗刷刷。

爸爸　好,刷就刷。

女儿　(开心地)好哩,你刷我就不刷了。

爸爸　不! 你刷,我刷,大家一起洗刷刷!

女儿　(生气地)爸,我对你说过多少次了,你骑着个小三轮来回乡下十几里,不安全! 万一有个三长两短,你叫我怎么办? 再说,这些蔬菜也不值几个钱,你这么来来回回地折腾,难道不觉得无聊吗?

爸爸　无聊? (苦笑)我种菜、收菜,既可锻炼身体,又可吃上无公害的新鲜蔬菜,这怎么能说是无聊呢?

女儿　爸爸,你就别瞒我了,醉翁之意不在酒,你这是在解除寂寞,摆脱孤独。

爸爸　(苦涩地)有你在我身边,我不孤独,不孤独!

女儿　爸爸你真当女儿看不出来吗? 自从妈妈走了以后,你总是闷闷不乐,暗自神伤,多少回你一个人望着窗外发呆。记得妈妈在世的时候,最喜欢坐在你对面津津有味地听你唱评弹了,八年了,原来响当当的评弹票友竟然没有唱过一句弹词。(从衣架上取下布袋的三弦,一拍,灰尘飞扬)你看,这三弦也孤独了八年,布满了灰尘。爸,你不能光用种菜来排除你的寂寞,你得有自己的幸福晚年啊!

爸爸　我又何尝不想啊! 可是……

女儿　爸,我知道你很爱妈,想念妈妈,可人死不能复生,你得豁达、坚强,心大一点,没有过不去的坎! 今天当着女儿的面唱上一曲,怎么样? (把三弦塞给爸,爸不接。撒娇似的)爸——

爸爸　(接过三弦,抚摸,凝视三弦)唉——! 人老了,弦也调不准了,还是不唱了吧。

女儿　哎唷,爸——,你就唱一个嘛,唱顺了,以后有机会,你给我找个新妈,我给你找个女婿,然后你唱给大家听。想想,到那时,我们一了百了家人是多么的其乐融融……

爸爸　你这鬼丫头,我都让你说得心动了。

女儿　那心动不如行动喔。

爸爸　好! 那今天我算是开戒了,唱上一个,唱什么呢? (调音)

女儿　随便,老爸唱的我都喜欢。

爸爸　(清嗓)咳,咳,(开腔唱〈杜十娘〉唱段)窈窕风流……

女儿 (拍手)好——！爸,想不到这么多年没听见你弹唱,你唱得还是这么糯笃笃,甜津津的韵味十足。

爸爸 嘿,也真怪,不甜怎的,弹起这三弦心里就感觉得痒齐齐,舒坦多了。

女儿 (动情地)爸,(偎依在父亲身上)就算为了女儿,今后你也得健康快乐地活着!

爸爸 乖女儿,放心吧,你爸会胸口上挂钥匙,开心健康的。我呀,还要等着抱孙子呢!

女儿 (娇嗔地)啊呀,爸——!那你以后就别总是再去乡下种菜了!(拉爸爸到电脑旁)喏,要种就在这儿种。你只要坐着动动手指,就可以播种、除草、收割……

爸爸 喔,在这里动动手指就可以解除寂寞,还可以享受田园乐趣?

女儿 对呀!还可以趁机偷别人的菜,满足一下当小偷的刺激感!

爸爸 当小偷还有刺激感?

女儿 刺激!那是相当的刺激!(情不自禁地)你看看你女儿,现在已经达到了48级,人称大姐大了。

爸爸 什么大姐大?

女儿 就是农场主,富豪!我不但有豪宅,还有名车……

爸爸 拉倒吧,你的农场呢?豪宅呢?名车呢?你这都是虚无缥缈的空头支票!

女儿 爸,你不懂,这是现代人的生活情调,追求的是精神上的拥有。

爸爸 什么精神上的拥有?你这才是真正的无聊!

女儿 哎呀,爸,现在电脑上玩偷菜的人可多啦,你没听说吗?十亿人中一亿偷吗?

爸爸 一亿偷?乖乖弄底懂!有这么多人闲着,在玩这开心农场,无聊、空虚、可怕!!

女儿 爸,我和你是开开玩笑的,你干吗这么严肃?

爸爸 我这是严肃吗?女儿啊,你都奔三十了,这样下去,可真的要凤凰变成鸡、天鹅变成鸭了!

女儿 啊呀,爸,你怎么老是刺激我呀?

爸爸 不是老爸说你,你看看你现在,整夜整夜的在电脑上"答答答,答答答"玩你的开心农场,再这么下去,早晚身体要垮掉的,影响工作不算,连对象也没法找了……

女儿　（感伤地叫嚣）爸！（静场，沉默）爸，我知道你为我好，可是你不知道，你不知道女儿内心的苦涩。曾经我对工作和生活是那么地充满了理想，可现实呢？面对本该成为电视台节目主持人的我被人挤掉了，看到别人走进了机关，走进了风光的单位，走上了自己喜欢的岗位，我内心是什么滋味？多少回，我在梦中哭醒。到处去应聘，凑合，只能选择了与专业不相干的工作。我想出人头地，我拼命地工作，老板夸我说要提拔我，可到头来却还是把科长的职位给了别人，我……

爸爸　（劝慰）爸爸理解你，看淡一点吧。

女儿　最可气的是，大学恋爱多年的同学，当初是那样的信誓旦旦，可他一出国就没了音信，听说他在国外又有了新的女朋友。（惨笑，哭）爸，我有抱负，我也想成家，我也想给你安慰，可是……（抽泣）爸，你真认为我喜欢"偷菜"游戏吗？女儿"偷"的是空虚啊！

爸爸　女儿啊，老爸早就注意你了，我知道你心里郁闷。心大一点，没有过不去的坎。什么叫生活，生活就是生下来，活下去！而且要生的快乐，活的精彩！

女儿　（惊奇）爸，那是我写在博客上的，你也看了？

爸爸　（点头）写得好啊！不过要落实在行动上。今天就陪老爸到乡下去散散心，好吗？

女儿　好！爸，以后每个星期天我都陪你去乡下。不过，你也要答应女儿的要求。

爸爸　说吧，只要老爸能办到的，一定满足你。

女儿　你每天都要唱一曲评弹给女儿听，而且要经常帮助女儿料理网上的开心农场。

爸爸　第一个要求没问题，这第二个要求嘛……

女儿　（调侃）哎，只有这样我才有时间帮你找女婿呀……

爸爸　（高兴）好！好！我一定帮你料理好开心农场！

女儿　这是新的约定，拉钩算数。（伸出右手）

爸爸　好，拉钩算数！（伸出右手）

两人　（拉钩）拉弓，放箭，一百年不许变！

女儿　走啊,老爸,到乡下偷菜去啰!

爸爸　不是偷菜,是收菜!

女儿　走啰!

　　[在《开心农场之歌》的音乐声中父女俩欢快地下场。


（作品获江苏省第九届"五星工程奖"铜奖）

· 小品 ·

# 爱心传递

人物　春花,35 岁,共产党员,社区党员志愿者服务站负责人。

　　　小燕,8 岁,春花的女儿。

　　　大爷,74 岁,大脑受过伤残,社区居民。

　　　[春花家客厅,室内置桌、椅、三人沙发以及电话机和挂衣架等物。

　　　[傍晚,室内很暗。

　　　[幕启。电闪雷鸣,暴雨倾盆。

　　　[少顷,春花身穿雨衣匆匆地上。

春花　(按亮电灯,边脱雨衣边喊)小燕,小燕子……

小燕　(哭泣)妈妈……

春花　啊呀,你躲在桌子底下呀!乖孩子,快起来呀!

小燕　妈妈,我怕打雷。

春花　妈妈知道,刚才那个落地响雷,别讲你们孩子听了害怕,就连妈妈也害怕的。好了,妈妈回来了,别哭了。

小燕　妈妈,你为啥每天总是很晚很晚才回家?

春花　住在东环新村的李奶奶,不小心摔了一跤。

小燕　人家摔跤也要妈妈去?

春花　李奶奶摔成骨折了,她的儿子媳妇在苏州工作,家里没有人,妈妈当然要帮助她办理住院手续呀。

小燕　妈妈,你是志愿者。

春花　嗯。

小燕　去年,我们去参观上海世博会,那些大哥哥大姐姐们都很热心帮助人,妈妈,他们都是志愿者吗?

春花　是的。社会是个大家庭,我们每个人都要互相帮助,互相爱护,懂吗?

小燕　我懂。妈妈,现在李奶奶是不是一个人住在医院里?

春花　她儿子媳妇已经赶回来陪她了。

小燕　妈妈,你今晚不走了?

春花　不走了。今天正好你爸爸不在家,你就同妈妈一起睡吧。

小燕　(高兴地)噢,今天晚上可以同妈妈一起睡啦!

春花　(想起)对了,药,你吃了没有?

小燕　吃了。

春花　(摸着小燕的额头)还烫着哩。早些睡觉吧,妈妈今天也累了。

小燕　哎。

　　　〔电话铃声,春花接听

　　　〔画外音:"春花,我是许阿婆……"

　　　〔春花:"许阿婆,有事吗?"

　　　〔画外音:"您大爷不见啦?"

　　　〔春花:"啥,大爷不见啦?"

　　　〔画外音:"春花,你是知道的呀,你大爷做过二次开颅手术,记忆力不太好,现在又下着雨,会不会……

　　　〔春花:"许阿婆,您别着急,说不定大爷躲在什么地方避着雨呢。您腿脚不灵便,千万别出来,我一有大爷的消息,马上打电话告诉您好吗?就这样,再见!"

小燕　妈妈,是不是老爷爷出了门,不认得回家啦?

春花　可能是吧。

小燕　那怎么办?

春花　妈妈马上去寻找老爷爷。(欲穿雨衣)

小燕　妈妈,我同你一起去。

春花　你烧都没退掉,怎么可以到外面去淋雨。

小燕　我不嘛!

春花　听话,快去睡觉吧。

小燕　不,我要妈妈陪我一起睡!

春花　我们小燕多大啦?

小燕　八岁。

春花　八岁了,还要妈妈陪?

小燕　(哭)我不嘛……

春花　哎,刚才你很乖,怎么现在又……

小燕　我怕打雷。

春花　睡着了,就听不见打雷了。

小燕　不,我要妈妈陪我一起睡。(哭)

春花　这样吧,你躺在沙发上,妈妈坐在你旁边陪你好吗?

小燕　(点头)嗯。

春花　(帮小燕盖好毛巾被)闭上眼睛,快睡着。

小燕　妈妈,我睡不着呀。(玩玩具)

春花　啊呀,你别玩了,眼睛闭起来。

　　　〔春花焦急地等待女儿睡着;小燕偷偷观察妈妈何时离开。

　　　〔画外音:"春花呀,你知道大爷做过二次开颅手术,记忆力不太好,会

不会……

　　　〔春花等待不及,转身欲走;小燕急忙跨下沙发,站在春花背后。

小燕　(哀求地)妈妈——

春花　(一怔)啊呀,你怎么又起来了,妈妈没时间陪你!

小燕　妈妈——

　　　〔正在这时,楼下有人呼叫"春花!"

春花　好像是大爷。

小燕　妈妈,是老爷爷在下面叫你。

　　　〔春花打开窗。

小燕　(朝下张望)妈妈,是老爷爷。你看,他站在那里哩。

春花　(朝下呼叫)大爷,您站在那里别动,我来搀您上楼来。(转身对小燕)

　　　快去沙发里躺着,别再受凉了。(说罢急下)

　　　〔小燕躺到沙发里。

　　　〔春花内声:"大爷,您走好!"

春花　(搀大爷上)大爷,看您衣服都淋湿了,您先坐着,我去拿干净衣服替您

　　　换掉。(进内)

小燕　老爷爷。

大爷　哎,小、小燕子,你睡啦?

小燕　嗯。

春花　（上）大爷,快把湿衣服脱下来。（帮大爷换上）大爷,许阿婆看您天黑
　　　了还不回家,她急坏啦。

大爷　我出门时忘记跟她说。

春花　我这就打电话去。（打电话）许阿婆,我是春花,大爷现在在我家里了。
　　　要不,今天晚上就让大爷住在我家里,明天早上我送他回来……啥?
　　　大爷不回来,你整夜睡不着的。那好吧,让他歇一会,我马上送他回
　　　来。（放下电话）大爷,你晚饭还没吃吧?

小燕　（急忙从沙发上跨下来）我去拿蛋糕给老爷爷吃。

大爷　别……别去拿,我晚饭我早吃啦。

春花　那您怎么会站在我们楼下的?

小燕　是呀,老爷爷您……

春花　（对小燕）快到睡到沙发上去。

大爷　我吃,吃罢晚饭出门时,天、天还亮着,我只顾走,走呀走,突然下起大、大、
　　　雨来了,我就躲到人家屋、屋檐下。可是,天慢、慢慢地暗下来了,我急、急
　　　着要回家,白、白天的路我还好认,可一、一到晚上,我就认、认不准了……

春花　哎呀,那怎么办?

大爷　哎,我说到哪里啦?

春花　你说一到晚上就认不准路。

大爷　我转过来,兜过去,就是找、找不到我回去的那条路。

春花　大爷,你忘了,你们那里在筑路造桥呀,要朝南门街才兜得进去哩。

大爷　公交车没有了,我……

春花　就是打"的"也打不进去呀,那你……

大爷　所以,我就想到你春花,因为你待我比、比闺女还亲,平时多亏你来关、
　　　关心我,照顾我们老、老两口,所以,你的家我忘不了的。

春花　大爷,你说哪里话,这些小事我应该做的,您千万别放在心上。

大爷　不,我忘、忘不了,做第二次开、开颅手术时,血、血库里的血不够,正巧
　　　你的血型同我对、对上号,要不,我恐怕到、到阎王爷那里去了。

春花　不会的,大爷,你命大。

大爷　（笑）哈哈哈!我们这些退休老人,平时该有的政府都给了,该享受的
　　　也都有我的份,而且还有你们这些党员志愿者经常来照顾我们、我们

94

这些老年人,活得开心,活得开心呀!哈哈哈!

春花　大爷,看您高兴,我就想起我爸爸来了。

大爷　你爸爸?

春花　是呀。我出生没几天,就被遗弃了。一个拾荒的聋哑人在垃圾箱旁发现了我,把我抱了回去。为了扶养我长大成人,他终生未娶;为了供我读书上大学,他省吃俭用,有时甚至一天只吃一顿稀饭,为了我他吃尽千辛万苦,他就是我的爸爸。

大爷　你爸爸现在人呢?

春花　唉,我还没来得及报答他,在他 50 岁那年就走了,要是能活到今天,该多好呀。

小燕　(早就从沙发上爬了起来)妈妈,我怎么从来没听您说过外公的事呀。

春化　你还小哩。后来我大学毕业后,入了党,主动要求到社区来工作,我要把党和政府对退休老人的关怀,对我爸爸的思念,全部倾注到工作中去,这样我心才安啊!

大爷　春花,你是好闺女。(翘大拇指)

　　　〔雷声。

春花　啊呀又打雷了。

小燕　妈妈我去睡觉了。(主动睡到沙发上,将毛巾被盖上)

春花　大爷,等小燕子睡着后,我送你回去好吗?

大爷　好,好!

　　　〔这时,小燕发出阵阵鼾声。

　　　〔春花走近小燕身旁,凝视着。

大爷　她睡着了?

春花　嗯。睡着了,大爷,我们走吧!

大爷　哎!

　　　〔春花拿起雨衣扶大爷缓缓地下。

　　　〔少顷,小燕翻身从沙发上下,爬上凳子打开窗。

小燕　(朝窗外喊)妈妈,老爷爷,你们走好,我不怕打雷了!(霹雳声,小燕急忙按住耳朵,流着泪)我不怕打雷了!

　　　〔在音乐声中灯暗。

(2011 年为市人社局退管中心文艺专场而作)

· 小品 ·

# 补　课

　时　间　暮秋

　地　点　小刚家

　人　物　李老师——女,37岁

　　　　　何　为——男,39岁

　　　　　小　刚——男,10岁

　　　　　[舞台上存放着沙发、茶几、方桌、方凳等。

　　　　　[幕在音乐声中启。

　　　　　[小刚勤快地擦着台凳。

　小　刚　唉——,真累!

　李老师　(内喊)小刚。

　小　刚　(紧张地)啊呀,老师来了。

　　　　　[小刚机警地将手塞进绑带

　　　　　[李老师上。

　李老师　小刚,手好点了吗?

　小　刚　还没呢!

　李老师　(关心地)来,让老师瞧瞧。

　　　　　[李老师伸手摸小刚的手。

　小　刚　(作痛状)哎唷,疼死我了。

　李老师　你爸爸出差还没回来?

　小　刚　(伤感地)是的。

　李老师　(旁白)唉,没有妈的孩子也真够可怜的。小刚,肚子饿吗?

小　刚　有一点,不过,等会儿隔壁阿姨煮好饭会叫我的。

李老师　(从包内取出一个面包)来,老师这里还有个面包,你就先吃了吧。

小　刚　(不好意思地看着老师)……

李老师　(和蔼地)吃吧。

小　刚　(接过面包狼吞虎咽起来)

李老师　好吃吗?

小　刚　好吃。

李老师　小刚,老师昨天来给你布置的作业完成了吗?

小　刚　(尴尬地)忘了。

李老师　这就不好了,老师布置的作业怎么能够忘了呢? 以后可不能这样啊!

小　刚　嗯。

李老师　来,你先把昨天老师布置的作业完成了,等会儿我再给你补今天的课程,好吗?

　　　　［李老师拉小刚在桌旁站定。

　　　　［音乐起

　　　　［小刚认真地做着作业,李老师在一旁备着课。

小　刚　老师,我做完了。

李老师　哦,这么快,让老师瞧瞧。(接过作业本批改起来)啊呀,这道题做得就不对了,你看……懂了吗?

小　刚　嗯。(接过作业本,做了起来)

李老师　不错,以后字迹也要写得端正清楚一点。

小　刚　嗯。

李老师　好,现在老师把今天的课程再给你补一下,好不好?

小　刚　(不好意思地)李老师,我们还像昨天那样玩一会再补功课,你同意吗?

李老师　(看了一眼手表)那好吧,今天玩什么呢?

小　刚　(沉思)我们玩……

李老师　抓特务?

小　刚　不,抓特务昨天已经玩过了。

李老师　那玩什么呢?

97

小　刚　玩过家家,老师做我的妈妈,我做你的儿子。

李老师　那好吧。

小　刚　妈妈,今天是我的生日。

李老师　哦,那妈妈应该送你一件礼物。

小　刚　你已经送给我礼物了。

李老师　(不解)什么……

小　刚　(拿出面包)喏,生日蛋糕。

李老师　这是面包呀!

小　刚　我们把它当作生日蛋糕。

李老师　那好啊。

小　刚　(跳跃,欢快)好哩,好哩,妈妈为我过生日哩。

李老师　(见情形,开心地)哈……啊呀,没生日蜡烛怎么办?

小　刚　这个么……(想了一下)这好办。(取出一盒火柴)喏,我们用火柴
　　　　当小蜡烛,怎么样?

李老师　哈……小刚真聪明。

小　刚　(将火柴一根插在面包上)

李老师　小刚,你十岁了,应该插几根啊?

小　刚　插十根。

李老师　对,好,现在妈妈将小蜡烛点燃了。

　　　　[李老师将火柴梗一一点着。

小　刚　(高兴地)点着喽,点着喽。

　　　　[唱起了《生日歌》,俩人围着桌子边唱边舞起来。

小　刚　妈妈……

　　　　[小刚偎依在李的身边。

　　　　[《世上只有妈妈好》的旋律起。

小　刚　(端详着老师)老师,你真好,你真像我妈妈,你就真的做我的妈
　　　　妈吧?

李老师　(理解,同情地)小刚,乖孩子,以后你会有一个妈妈的,现在该老师
　　　　为你补课了,啊!

小　刚　(带哭音)老师,你答应我,做我的妈妈吧……

李老师　小刚……

[何为急匆匆上。

何　为　哼,你果然在这里!

李老师　咦,何为,你怎么也来了?

何　为　(生气地)你还问我?我倒想问问你呢!

李老师　何为……

何　为　医院和你约好今天去复查,我好不容易请了假,在医院门口等你一
　　　　个多小时,可你倒好,就知道往学生家里跑!

李老师　哦,我忘了,真对不起!

何　为　对不起,对不起,我啊,都听够了,我问你,你究竟去不去医院复
　　　　查了?

李老师　那我明天去吧。

何　为　明天,明天,昨天说今天,今天又说明天,你到底有多少个明天啊?

李老师　何为……

何　为　好了,你也不用解释了,家里孩子正饿得哭呢,快回去吧。

小　刚　(着急地)老师,我……

李老师　(踌躇)何为,我看这样好不好?你先回去煮饭,照料一下孩子,我给
　　　　小刚补完课就回去。

何　为　什么?你……你不为自己着想,也总得为我和孩子想想吧!

李老师　他是我的学生啊。

何　为　张口学生,闭口学生,这几天来,你天天往这儿跑,你就不怕人家背
　　　　后议论你?

李老师　(不解)议论什么?

何　为　(拉李老师到一旁)你不知道这孩子没有妈?

李老师　(压住火气)何为,请不要污辱我的人格!如果别人不理解我,难道
　　　　你也不理解我吗?

何　为　(火气地)什么?我污辱你?我是为你好!

小　刚　叔叔,你不要欺负老师!

何　为　(来了火气)去……都是你个捣蛋鬼,别的学生为什么没有扭断胳膊
　　　　摔断腿的,偏偏就你摔坏了手臂,老师有你这样的学生也算是……

小　刚　(惭愧地低下了头)

李老师　何为!你怎么能这么说话?

何　为　好,我不说,我不说,那你就和我回去吧。

李老师　我不是说了吗,我给小刚补完课就回去。

何　为　怎么,我说了半天你还不理解,那好,你是死是活我都不管了。

　　　　〔何为气冲冲下。

李老师　何为,何为……

　　　　〔音乐急起。

小　刚　(难过地)老师,都是我不好,你还是回去吧。

李老师　小刚,这不关你的事,来,老师给你补课。

小　刚　老师,我……我没有摔坏手臂。

李老师　(惊诧)什么,你说什么?

小　刚　(手从绷带中抽出)我没有摔坏手臂。

李老师　(异常沉痛,凝视着小刚)我真没想到,你怎么会这样……

小　刚　(哭泣)老师,我错了……

李老师　(气愤地)别说了,我没有你这样的学生。

　　　　〔李提包欲走

小　刚　(突然跪下,哭喊)老师……

　　　　〔李老师迟疑,欲走

小　刚　(跪跑,抱住老师的腿,哭喊)老师,你别走,老师你听我说,都是小刚不好,小刚见爸爸一个人忙里忙外,一直不开心,有时还骂我,打我,说我拖累了他。所以我才不想上学,帮爸爸做点家务,好让爸爸在外面多挣点钱,再找个新妈妈,老师都是小刚不好,以后我一定听老师的话,好好学习,老师,你别走,你再原谅我一次吧。老师……

李老师　(难过,无限同情地)小刚起来,起来。

小　刚　(抽泣地)老师,你原谅我啦?

李老师　(深情地点点头)老师理解你,老师不怪你,不过,小刚,你知道天下做父母的希望自己的孩子成为什么样的人吗?

小　刚　(迷忙地摇摇头)……

李老师　(深情地)他们都希望自己的孩子长大以后有出息,成为有用之才,所以,你现在应当好好学习,这样,对你爸爸才是最大的安慰。懂了吗?

小　刚　(似懂非懂地点点头)

李老师  好好,小刚,来,老师为你补课。

[音乐起

[天幕转红光。

[李老师指着课本,悉心地辅导着,小刚专心地听讲,不时点头,默记。

——幕渐落

(作品获 1992 年太仓市群众文艺会演创作一等奖)

·小品·

# 无　题

时间：盛夏

地点：公共汽车车厢一角

人物：婷　婷——七岁

　　　婷婷妈——三十二岁

　　　教　授——六十五岁

　　　售票员——三十五岁

　　　青年男、女——二十多岁

　［骄阳普照大地，远处是时隐时现的山峦、树影和花丛。舞台上排列着六张靠背椅，象征汽车的座位，其中左侧五张坐着五位乘客，右边一张售票员安坐其中。

　［幕在极其缓慢，似催眠的乐曲声中启。

　［所有车上的人，由于天气炎热，又受汽车长途的颠簸，都显出一副疲惫的样子。

　［女青年头枕在男青年的肩膀上睡着了，男青年无聊地抽着烟，教授有意无意地翻看着已看过几遍了的报纸。唯有婷婷尚且兴致颇浓地一边啃着饼干，一边好奇地观赏着窗外的野景。

　［突然，随着"吱嘎"一声汽车的急刹车声，满车的人都被这突如其来的震动惊醒了，男青年的头撞到了前面的靠背上。

众　　　　哎唷——

青年男　（站起身，大声）这车是怎么开的？

售票员　紧张什么，你没看见这路难走吗？

青年男　　(牢骚)乘这烂车也算是倒霉透了。

售票员　　(讽刺地)哼,你嫌这是烂车,那你去乘飞机不是够平稳了吗?

青年男　　你! 你这是什么意思?

售票员　　(厌烦)好了,好了,不跟你多啰唆。请你把烟熄了! (指车厢)请
　　　　　看,车厢内严禁吸烟。

　　　　　〔青年男欲争辩,被青年女拦住。

青年女　　好了,好了,跟这种人耍嘴皮,没啥意思。

售票员　　(轻蔑地瞥了青年女一眼)哼!

　　　　　〔青年男、女两人谈笑风生,一副卿卿我我的样子。一会儿撑开遮阳
　　　　　伞,在背后做亲热状。

　　　　　〔婷婷转头见青年男、女两人的亲热劲,凑向妈妈。

婷　婷　　(轻声地)妈妈,你看那两位叔叔阿姨在干什么呀?

婷婷妈　　小孩子,别多问!

售票员　　也不看看是在什么地方,出啥洋相!

青年男　　哎,哎,我说你在说谁啊?

售票员　　(慢条斯理地)当然是说那些不懂规矩的人喽。

青年男　　放你的屁,哪个不懂规矩?

售票员　　(不甘示弱)我看你的嘴里是不是需要搞一搞卫生啊!

青年女　　我看你管得太宽了吧!

　　　　　〔教授见状,放下报纸。

教　授　　好了,好了,既然大家碰巧凑在一起也是缘分,就应和睦相处,这样
　　　　　吵吵嚷嚷,何必呢。啊?

青年女　　就是吗,真是狗拿耗子——多管闲事!

售票员　　(不服地)哼!

　　　　　〔车厢内恢复了平静,汽车缓慢地向前行驶着。

　　　　　〔青年男、女仍是窃窃私语,搂搂抱抱。

婷　婷　　妈妈,我头晕。

婷婷妈　　哦,不要紧,妈给你吃片晕车药。

　　　　　〔在包内翻来翻去没找着。

婷婷妈　　哎呀糟了,这次妈忘带了。

　　　　　〔婷婷作欲呕吐状。

婷婷妈　来,吃个苹果,等会儿就会好的。

婷　婷　不么,我要吃晕车药。

婷婷妈　婷婷,不是和你说了吗,妈这次忘带了。

婷　婷　以前去看望爸爸不是每次都带好的吗? 要不,再找找么。

婷婷妈　你这孩子,不信,你自己找吧!

　　　　[婷婷妈随意地将包递给女儿,婷婷在包里翻来翻去,突然发现什么似的。

婷　婷　(认真地)妈妈你骗人,骗人是要被大灰狼吃掉的。

婷婷妈　妈怎么会骗你呢!

婷　婷　还说没骗人。(快速地从包内取出一个药瓶)这是什么?

婷婷妈　(惊慌地)哎唷,快把药给我。

婷　婷　就不给,妈妈骗人,不是好学生。

婷婷妈　(声色俱厉)你给不给?

婷　婷　就不给,就不给!

　　　　[边说边离开座位,向后逃去,被教授拦住。

教　授　(和蔼地)小朋友,怎么惹妈妈生气啊?

婷　婷　妈妈骗人,明明带了晕车药,却说没带,不给我吃。

教　授　(接过药瓶)哦,让我瞧瞧。

　　　　[婷婷妈在一旁手足无措,一副难堪的样子。

教　授　(略一微笑)小朋友,我告诉你,这不是晕车药,是避孕药。

婷　婷　避孕(晕)药? 爷爷,爷爷,避晕药不就是避免晕车的药吗?

青年男
青年女　(合)哈,哈……
售票员

婷婷妈　(尴尬地)对不起大爷,孩子不懂事,请你把它还给我吧。

　　　　[婷婷妈接过药瓶,生气而又尴尬地回到了原座位。

婷　婷　(不解地)爷爷,妈妈她为什么不给我吃避晕药啊?

　　　　[青年男、女、售票员　哈哈笑了起来。

青年男　小朋友,让叔叔来告诉你,这避孕药你年纪小,还没有发育,不能吃。

　　　　[众又哄堂大笑起来。

　　　　[婷婷妈厌恶地瞪了男青年一眼。

教　授　小朋友,别听他们的,来,爷爷给你吃晕车药好不好?

婷　婷　好——

　　　　〔教授从口袋里取出药片让婷婷吃了。

教　授　小朋友,你叫什么名字啊?

婷　婷　(天真地)我叫婷婷。

教　授　哦,婷婷乖,爷爷把窗户再开大一点,透透风,等会儿婷婷就不会头
　　　　晕了。

婷　婷　(开心地)爷爷你真好!

教　授　是吗? 哈……

婷婷妈　(欠起身)大爷,对不起,给你添麻烦了。

教　授　哦,没事,没事。

婷婷妈　(严厉地)婷婷,到妈这儿来。

婷　婷　不么,我要和爷爷在一起。

婷婷妈　别吵了,来,吃苹果吧。

　　　　〔婷婷妈不由分说,将婷婷抱回原座。

婷婷妈　(低沉地)你这不听话的孩子,等下了车再和你算账!

　　　　〔婷婷接过苹果,困惑地望着妈妈。

　　　　〔缓慢而又抒情地音乐起。

　　　　〔婷婷啃着苹果。突然,一对蝴蝶从车窗外飞了进来,引起了婷婷的
　　　　好奇,她站起身。

婷　婷　一只,两只,妈妈,妈妈,你看两只漂亮的小蝴蝶。

婷婷妈　有什么好看的,快坐下。

婷　婷　我要玩小蝴蝶。

婷婷妈　啊呀,有什么好玩的,快给我坐下。

婷　婷　不么,我要玩小蝴蝶。

　　　　〔婷婷离开座位,在车厢内追赶蝴蝶。

婷婷妈　唉,你这孩子越来越不听话了,当心,当心摔倒。

　　　　〔婷婷好奇地追了几个来回,见两只蝴蝶栖身在车窗上,正要伸手去
　　　　捉,可又缩了回来。

婷　婷　咦,两只小蝴蝶怎么叠在一起了。(沉思)哦,对了,一定是它们两个
　　　　一起玩,闹意见打架了。(想了想)对,一定是打架了,我得把它们劝

开。嘘——嘘——(作驱赶状)怎么它俩一动也不动啊?

婷婷妈 婷婷,你快过来。

[婷婷走到妈妈身边。

婷 婷 妈妈,你看那两只蝴蝶在干什么呀?

婷婷妈 (见此情形,为难地)小孩子,别多问。

婷 婷 妈妈,你不是经常说,小朋友不懂要问,不能不懂装懂吗?

婷婷妈 (厌烦地)啊呀!我又不是让你问这些。

婷 婷 那为什么呀?

婷婷妈 (厉声地)叫你别问你就别问!

婷 婷 (纠缠)你告诉我么。

[见婷婷继续追问,来了火气,在婷婷的屁股上给了一巴掌。

[婷婷"哇"地哭了起来。

婷婷妈 你这孩子,今天怎么这么不听话。

婷 婷 (边哭边说)妈妈为啥打我……

[教授见此情形,凑过身来。

教 授 婷婷别哭,让爷爷来告诉你。

[婷婷止住了哭声。

教 授 这两只蝴蝶呀,在交配。

婷婷妈 (按捺不住,生气地)大爷,你……

婷 婷 (不解地)在交配?

[青年男、女、售票员以一种鄙视眼光看着教授,继而哈哈大笑。

售票员 这老头,看着很斯文的,怎么就不知廉耻啊?

青年男
青年女 (合)就是啊!道貌岸然!

婷婷妈 (强行拉过婷婷)婷婷,过来!

教 授 (气得颤抖)你,你们……

众 (不屑一顾地)哼!

教 授 (无助地摇头)唉——!

——剧终——

(作于1991年3月)

106

·喜剧小品·

# 陋 习

陈永明　唐彦

人物　丈夫、妻子。

时间　现代苏南一普通家庭

　　　[舞台置一桌二椅和衣架之物。

幕启　[丈夫一边喝酒,一边听着半导体播出的弹词开篇。少顷,妻子手执木
　　　兰扇,从外面健身归来。

妻子　(进门,见状)哎,好意思伐? 喝到现在还没喝好。

丈夫　(关了半导体)急啥,喝酒是要笃悠悠的。

妻子　我锻炼都结束了,你整整喝了二个小时,真是喝勿歇喝勿罢。(将扇子
　　　挂在衣架上。

丈夫　今天我高兴,多喝二杯。

妻子　你哪一天不是这样? 不喝得阿五不认得阿六不肯罢休。

丈夫　各人爱好不同嘛。

妻子　我看你啥都爱好,老酒爱好,香烟爱好,蹄膀脚爪走油肉又爱好,就是
　　　运动运动,锻炼锻炼身体不爱好。

丈夫　可是还有一样不爱好哩。

妻子　哪一样?

丈夫　女人我不爱好。

妻子　老你的皮! 你有本领去爱好呀,去呀,哪个女人瞎了眼睛会喜欢你?

丈夫　嘻嘻,你不是喜欢我的吗!

妻子　我跟着你这个男人,倒了八辈子霉,触气! (欲走又回)我替你讲,我去

洗澡了,你不要再喝了,碗筷不洗就放在水池里,台子揩揩清爽。听见伐?

丈夫　晓得了,你去洗澡吧!

[丈夫见妻子下,又开了一瓶黄酒,然后点燃了烟,摇头晃脑跟着半导体播出的弹词唱了起来……

[少顷,妻子穿了身睡衣睡裤从内上。

妻子　开得断命响!(关了半导体,见状)啥,夜壶水你还没喝好?

丈夫　哎哎,讲话文明些。

妻子　你看看几点钟了,八点了。

丈夫　好好,我快点喝。(将杯中的酒一口干掉)哪能?要快就快嘛。(说罢欲倒杯中的酒)

妻子　(夺过酒瓶)这瓶里的酒不要喝了。

丈夫　(舌头不灵活了)还,还剩半、半瓶酒了,喝,喝脱拉倒!

妻子　你还要喝,舌头都大了。

丈夫　啥人讲我舌头大?(撑起来慢慢走向台前,一个肥大凸起的大肚子呈现在观众面前)你们听听,我讲、讲话舌头大不大?

妻子　你替我太平些吧,你看看自己啥样子?

丈夫　啥样子,人生得不比刘、刘德华差。(身体摇晃一下)

妻子　(急扶)你替我坐好。

丈夫　(坐下)哎,我的酒瓶呢?(寻找)

妻子　(扬起酒瓶)啥,你还想喝?

丈夫　我还没喝够哩。(欲夺酒瓶)你、你这个女人,倒像小日本那样,小日本想侵占伲钓鱼岛,妄想!你这女人,想抢占我的老、老酒瓶,谈也别谈!

妻子　你阿是还要喝?

丈夫　喝,反正还剩半、半瓶酒了,喝、喝脱拉倒。

妻子　(松手)你喝吧,喝吧,喝煞脱拉倒!

丈夫　(将瓶中酒倒在杯中)正好半斤。(欲点烟)

妻子　别抽,不要毒害人,让我吸二手烟。

丈夫　好,听、听你的,不抽就不抽。

妻子　如果你能听我的就好了。

丈夫　不过,叫我不喝酒不抽烟很难做到,习惯了嘛。(呷了一口酒)

妻子　你这习惯是不良的生活习惯,对身体一点没好处。

丈夫　我知道。

妻子　讲讲都知道,就是不肯改。

丈夫　看,看啥人身体的。(拍拍自己的腰)

妻子　你嘴巴别硬,照你这样,总有一天,毛病会寻上门来。

丈夫　啥、啥人不生病,无、无所谓的。(举起杯又深深地呷了一口酒)痛、痛快。(又掏烟)

妻子　哎哎,你哪能记不牢的?

丈夫　好好,我不抽。

妻子　我问你,王胖子你该认识的吧?

丈夫　我们是、是朋友,上个星期还一起喝过酒,打过麻将哩。伊、伊哪能啦?

妻子　你的酒肉朋友进仔医院了。

丈夫　伊住院啦?我看伊平时身、身体蛮好的,哪能会呢?

妻子　伊的生活习惯同你一样,下班回来,不是躺在沙发里,就是去邻居人家打麻将,从来不肯运动运动健健身,就是去附近超市买东西,还要骑上摩托车,懒得不肯走路。平时香烟老酒不离口,而且也欢喜吃肥肉,胖得肚子凸出像小山,三尺五寸腰围的裤子还穿不进,身体哪能不要出事体。

丈夫　伊、伊究竟生啥毛病?

妻子　王胖子身上查出来有七种慢性病。

丈夫　啥?伊、伊生七种慢、慢性病啊?

妻子　高血压、血脂紊乱、冠心病、脑血管硬化、糖尿病、痛风、还有,脂肪肝。

丈夫　啥,介多的毛病?

妻子　医生讲,如果这不良生活习惯不改变,继续吸烟,过量饮酒,还容易患上呼吸系统疾病和肝硬化,就是痴呆症也会寻上门来。

丈夫　你、你哪能晓得?

妻子　刚才我锻炼回来,碰到王胖子的老婆,伊亲口告诉我的。

丈夫　是伊老婆告诉你的?

妻子　你不相信?

丈夫　相信、相信。

妻子　王胖子已经这样了,那你……

丈夫　(停了一下)好吧,从明天开始,我保证老、老酒不喝,香烟戒脱,吃得清淡,改掉陋习。

妻子　讲话阿作真的?

丈夫　大丈夫,说话算、算数。

妻子　好,那你明天跟我一起去锻炼锻炼健健身好吗?

丈夫　好。(掏出香烟数着)还有六支……

妻子　你哪能啦?

丈夫　这六支香烟剩下也是浪费,抽掉!(欲点)

妻子　(夺过)你刚才保证,哪能又……

丈夫　不是从明天开、开始吗?

妻子　香烟今朝就是不准抽。

丈夫　好好,香、香烟不抽就不抽,那杯中酒可以喝的吧。(急忙干掉)

妻子　你……

丈夫　(突然)哎,我记得还有一瓶酒哩。

妻子　你想哪能?

丈夫　明、明天起我不是要戒酒戒烟吗,今天,干、干脆消灭它!(起身欲取酒)

妻子　你这样能戒得了吗?

丈夫　戒得了,戒、戒得了的。(摇摇晃晃,跌倒在地)

妻子　起来呀,起来呀!

　　　[丈夫挣扎欲起,妻子用力搀扶。

妻子　哎,我拉,你用力撑起来。

丈夫　好。

妻子　一、二、三,起来!(扶起半个身子,丈夫又瘫倒在地)唉,二百多斤重的身体,叫我哪能搀得起呀!

丈夫　老、老婆,别搀了,干脆让我困在地上吧。(少顷,丈夫打起了呼噜,这呼噜一声比一声响,响彻整个剧场)

妻子　(沮丧地)大家看看,这样的日子怎么过啊!

　　　[定格

　　　[特写

　　　　　　　　　　　　　　　　　　　　——剧终

· 小品 ·

# 谁的错

地点　城镇某小家庭

人物　老头子,65 岁。

　　　老太婆,63 岁。

　　　媳妇,40 岁。

〔舞台上设有台、凳等普通家什。

〔老头子气喘吁吁蹒跚上。

老头子　人说春日浓浓精神爽,可我到了这个季节,春芽一发老毛病必发。

　　　都怪老太婆,当初进社会保险硬是被她挡住,也只怪我耳朵太软,

　　　唉——,到如今,退休养老金没有,医保没有,买药也买不起,弄得

　　　(来)上气不接下气,当中要断气,格么营养好一点呢,可偏偏死老太

　　　婆顿顿烧的是咸菜面,弄得我只长年纪勿长膘,肚皮像夹板,面孔像

　　　干瘪的咸相。参参姆妈造就的一副好架子,现在变成这副模样。

　　　唉——,叫真正作孽呃!(看手表)今朝是我格生日,老太婆卖茶叶

　　　蛋卖昏了,到现在还不回来?一只肚皮倒又在唱空城计了,让我寻

　　　寻看有啥填填肚皮格。

〔屋内翻找。老太婆提着篮子急冲冲上。

老太婆　一只死老头子,你又在东寻西找点啥?像只偷食猫。

老头子　喔唷,老太婆你终于回来啦?我肚皮饿得咕咕叫。

老太婆　我一个人忙里忙外,你就只知道吃、吃!

老头子　喔唷,你这个死老婆子,我瘦成这副模样难道肚皮饿了还不给吃?

　　　你的良心……

|      |                                                                                                                              |
|------|------------------------------------------------------------------------------------------------------------------------------|
| 老太婆 | 我的良心怎么啦？嫁给你到现在我是脚不踮地,老格老,小格小……                                                                  |
| 老头子 | （紧接）都要你服侍。这句话你说得多没有,两千遍是不缺了。唉,可惜我耳朵生得实在太小。                                          |
| 老太婆 | 啥意思?                                                                                                                       |
| 老头子 | 耳朵生大一点,盖住,不就听不见,清静了。                                                                                        |
| 老太婆 | 耳朵大倒好了,叫猪（罗）耳朵大,洋（盘）福气大,可偏偏你去照照镜子,耳朵根吊起,一脸的猴相。                                      |
| 老头子 | 啥?你说我像猴子。哼,想当年我多少英俊,一表人才,追求我的漂亮女人不要太多,可偏偏你个黄脸婆缠住不放,到后来生米煮成熟饭,甩也甩不掉,真正灰气。 |
| 老太婆 | 你这死老头子在说啥?不要脸,是不是想吃鸡脚落面?                                                                                |
| 老头子 | （下意识地捂住脸）好、好,不说了,今朝是我的生日,你就拨足点面子,凑点吉利。现在我肚皮实在不争气,先弄只卖剩的茶叶蛋来吃吃。（伸手欲从篮里拿蛋） |
| 老太婆 | 你给我放下!一只茶叶蛋要八毛钱了。                                                                                            |
| 老头子 | 完结,看来我这个人连八毛钱都不值,格今朝吃点啥呀?                                                                             |
|      | （同声）咸菜面——                                                                                                             |
| 老太婆 | 知道了还问我?                                                                                                                |
| 老头子 | 今朝是我的生日,昨晚不是和你说好,太仓双凤燀鸡味道好,很久没吃有点馋,今朝和你一道饱饱口福,格么鸡呢?                            |
| 老太婆 | 本来是想买的,可一早孙女哭哭啼啼寻到菜市场,说今天老师催着要交书费,所以……                                                    |
| 老头子 | 所以你把钱都给了她,鸡就吃不成罗。那她为啥不找她妈去呢?                                                                       |
| 老太婆 | 你又不是不知道儿子得了肾病,这几天又在医院里做血透,外面不知借了多少债,唉!媳妇也真难为她了,不过,今天你生日,鸡是肯定要买的,还买了两只,我和你一人一只。 |
| 老头子 | 两只,在啥地方?我怎么没看见?                                                                                                  |
| 老太婆 | （从篮里拿出两只蛋）喏。                                                                                                       |
| 老头子 | 这怎么是鸡呢?分明是蛋么。                                                                                                     |
| 老太婆 | 你仔细看。                                                                                                                    |

老头子 　要死了,两只哺透蛋,是喜蛋。

老太婆 　是啊,你看,嘴、脚、身子一样不缺,听人家讲,比大的鸡还要补。

老头子 　补、补点啥?像只出毛兔子,我看见了就想吐。

老太婆 　那你是不想吃喽?

老头子 　要吃你自己吃!

老太婆 　那我就猪八戒吃西瓜——不客气,独吞了。

老头子 　唉——! 这种日子怎么过呃!

　　　　［媳妇疲惫地上。

媳　妇 　爹爹,姆妈。

老太婆 　媳妇,你来啦,现在阿林在医院里怎么样了?

媳　妇 　血透做了,医生讲要再住几天观察、观察,今后每个月要换一次血,现在,我外面借了一屁股债,医院又催着要交钱,如果以后要换血,你们说叫我哪能办? (抽泣)

老太婆 　媳妇,你别哭、别哭,你一哭我也更加伤心了。

媳　妇 　爹爹,姆妈,你们也知道,阿林以前是摆摆摊头的,社保、医保都没有参加,现在生这么重的病,我现也下岗了,光靠社保上那点失业保险过日子,我实是走投无路了。

老太婆 　不哭、不哭,办法总会有的。

老头子 　办法总会有的,有啥办法?

老太婆 　都是你这个死老头子,一年到头抱住个药罐子,积蓄都让你给吃光了。

老头子 　啥? 你在说啥? 你还怪我,我看你是水里照影子——倒过来了。当初社保局的同志到我们厂里动员参加社会保险,开始厂里老板讲是负担重,不参加,好不容易通过政策、法规宣传,老板同意了,可你却说赊千钿不如现八百,还吵到厂,死活不让扣个人的应交部分。

媳　妇 　姆妈,当初你怎么这么想不通呢?

老太婆 　唉——,我怎么知道会是这样,死老头,当初你也没有坚持一定要参加,现在把责任都推给我。

老头子 　啥人不晓得,我们这个家是你一手遮天,说了算。

媳　妇 　姆妈,你想想,照我们省市最低月收入四百八计算交25.5%,个人只要负担8%,每月只有四十元都不到,只要交满十五年,退休之后不

是可以领退休金了吗？听说三资企业也只有交月工资的 26.5% ,个
人只要交 6% 。这是政策给予职工的合法权益啊！

老头子　现在好了,退休金领不到不说,当初就连医保的十几元钱她也不让
扣,到现在连医药费都报不到。

老太婆　怎么你全怪我啊？啥人叫你没退休上蹿下跳,一退休就像只病猫。

老头子　不怪你怪谁啊？生病知道什么时候生的啊？

老太婆　都是你,不争气,只能做一世穷鬼。

　　　　(同时)怪你,怪你……

媳　妇　好了,你们就不要这样天天吵了。

老头子　唉——,看看隔壁的张阿大,比我早出世一天,一日里进厂,可人家
社保办好,现在日脚舒舒服服,昨天过生日的那种场面……

老太婆　又要眼红了,现在懊悔没用了。

媳　妇　爹爹,姆妈,我今朝来不是听你们吵架的,阿林住在医院里正等着付
药费,你们就一起想想办法吧！

老太婆　亲亲眷眷都借过了,现在想啥办法呢？

老头子　办法是有的,喏,我跟你双双进敬老院,这幢房廉价处理掉。

老太婆　死老头子,亏你想得出。

　　　　那你说怎么办呀？

老太婆　(略思)事到如今,也只有这样了。你们等等。(下)

老头子　媳妇啊,以前都是老太婆挡住没有参加社保,我现在是苦头吃足,你
如今办了没有啊？

媳　妇　虽然我下岗了,单位里社保基金倒是给我交清的。

老头子　无论发生什么事,社会保险可一定要续保,老来才有依靠啊！

媳　妇　(点头)唔。

老太婆　(复上)媳妇啊。(从怀里取出一只金手镯)这是当初我娘家给我的
唯一嫁妆,本来想传给孙女的,到了这一步,你就拿去当了应付一
下吧。

媳　妇　这……

老头子　你就拿着吧。

媳　妇　下个月阿林又得换血做血透,到时又该咋办呢？

老太婆　(沮丧地)走一步,看一步呗。不过再怎么着,媳妇你一定要参加社

会保险啊！将来才不至于像我们……

老头子　现在你倒想到了。

媳　妇　知道了,爹爹,姆妈,你们的身体也要保重,我走了。(凄楚地下)

　　　　［俩老望着媳妇的背影,发呆,定格。

　　　　［委婉的音乐起。

　　　　［画外音:困难什么时候都会发生,不能因为困难而不履行义务。为了每个家庭的幸福,别忘了,参加社会保险!

（2001 年为宣传社保文艺专场而作）

· 小品 ·

# 罚 款

时间　大年三十的傍晚

地点　某城市十字路口

人物　民警、驾驶员

　　　[幕在节日气氛的音乐声中启。

　　　[雪花飘洒,民警站在大街的十字路口,指挥着交通。

　　　[传出汽车的喇叭声。

民　警　(上前,敬礼,礼貌地)请出示二证,(接过证件翻阅状)请。

　　　　(巡视)小朋友,过马路要走人行道(上前搀扶状)。

　　　　[幕内:谢谢,民警叔叔,再见。

民　警　小朋友,再见。

　　　　[民警继续指挥着交通。

　　　　[传出急促的喇叭声,民警急忙手势示意靠边停车。

　　　　[驾驶员急冲冲上。

民　警　(敬礼,礼貌地)请你出示二证。

驾驶员　(递上香烟)同志,你辛苦了,请、请抽烟。

民　警　不会。

驾驶员　(欲将整包烟塞给民警)不成敬意。

民　警　干吗? 干吗? 别来这一套!

驾驶员　一点小意思么。

民　警　小意思? 哼! 想贿赂我?

驾驶员　不、不、不,别误会。

民　警　二证呢？请出示二证！

驾驶员　（不情愿地掏出二证）……

民　警　我问你，红灯看见吗？

驾驶员　（心虚）没、没看见。

民　警　没看见？连红灯都不看，你还能开车？

驾驶员　不好意思，因为心里急，所以…所以没在意。

民　警　没在意？轻描淡写！许多交通事故就是因为没在意发生的，知道不？

驾驶员　知道、知道，下次一定注意。

民　警　交通规则，来不得半点马虎……

驾驶员　是、是、是，下次一定改正、一定改正。

民　警　警钟长鸣，再急，难道就差这么一会儿时间吗？再急，难道比人的生命还重要吗？如果出了事……

驾驶员　（不耐烦地）行、行、行！现在就请你把驾驶证还给我吧！

民　警　可以啊，但还是要照章办事，罚款！

驾驶员　什么？我都承认错误了，还要罚款啊？

民　警　你这叫承认错误吗？我看你根本就没认识！

驾驶员　（蛮横地）我又不是故意的，我有急事你知道吗？

民　警　有急事就可以不顾交通法规？我说同志，闯红灯危险！

驾驶员　危险、危险，我开了这么多年车，还从来没有出过差错呢！

民　警　出了差错就来不及啦！

驾驶员　知道，知道，我有急事，你把驾驶证还我吧。

民　警　还给你？你对这个问题还没认识清楚呢！

驾驶员　怎么没认识？我早就认识了！

民　警　你这叫认识？什么态度？既然这样，那你就站一边去，等想清楚了再说！

驾驶员　你……

　　　　〔民警吹着哨子继续指挥交通。驾驶员在一旁急得团团转。

驾驶员　把驾驶证还给我！

民　警　认识清楚就还给你。

驾驶员　好！你、你等着，我要投诉你！

民　警　可以呀，我倒要看看你是怎么蛮不讲理的。

驾驶员　（情绪激动地大声嚷嚷）把驾驶证还给我！

　　　　　　[驾驶员上前欲到民警的口袋中争抢驾驶证。民警躲闪。

民　警　（厉声地）蛮不讲理！再这样下去我告你妨害执行公务，那可是要行
　　　　　政拘留的。你想这个春节在班房里过吗?!

驾驶员　（咬咬牙）好！算你狠！没驾驶证看我照样开！（欲走）

民　警　站住！想走？没驾驶证我看你能走多远！

驾驶员　（沮丧）你……唉——！

民　警　同志！不是故意我为难你，交通法规是人人都必须遵守的，血的教
　　　　　训难道还少吗？这关系到千家万户的安宁与幸福啊！你作为一名
　　　　　老驾驶员难道不清楚吗？

驾驶员　我……我错了还不行吗？你说吧，怎么处罚？

民　警　你刚才的态度，按平时非扣留你的驾驶证不可。考虑到今天是大年
　　　　　三十的，让你早点回家，从轻发落，罚款一百元。

　　　　　　[民警开罚款单，驾驶员焦躁地看着手表。

民　警　我说你听见没有？

驾驶员　什么？

民　警　罚款一百元！

驾驶员　（下意识地按住口袋）……

民　警　喏，票据拿好！

驾驶员　（干脆地）我没钱！

民　警　嗨！你存心赖还是怎么的？刚才还问我怎么处罚，现在又不肯接受
　　　　　处理。那好，你就继续在这儿等着吧！

驾驶员　（惊）还等？

　　　　　　[传出驾驶员妻子哀伤的画外音:孩子他爹,救救我,救救我呀……

驾驶员　（忧郁）孩子他妈,看来今生我真的见不到你啦！

民　警　（旁白）我当了这么多年的民警,这种人倒还是第一回碰到呢！我说
　　　　　同志,今天是大年三十,你真的就不想早点回去和家人团圆吗？

驾驶员　团圆……（掏出一张纸条,忧伤地）人都快要死了,还团什么圆呀!?
　　　　　（将纸条扔在地上,抱头抽泣）

民　警　（不解地捡起纸条）祖传秘方,这是……

驾驶员　这是能延长我妻子几天生命的药方,是我今天才好不容易觅到的,

你知道吗？现在，来不及了……

民　警　你妻子怎么啦？

　　　　［哀婉地音乐起

驾驶员　（悲伤地）她、她得了癌症，是绝症，绝症啊！（哭泣）……大年三十，人家都欢欢喜喜地过新年。可她却在床上奄奄一息。临死的人才懂得生命的可贵，临走时她拉着我的手断断续续地说：孩子他爹，救救我，救救我呀，再怎样也要让我过了这新年……（哽咽）。如果我今天不把药买回去，那她可就要……你说，这唯一的要求我都不能满足她，那我这辈子的良心怎么能够安宁呢？（哭泣）

民　警　（同情地掏出手帕递给驾）你怎么不早说呢？

驾驶员　这种药说是只有一个药店才有，可我糊里糊涂出门没问清地址，一路寻找，我已经转了好几个圈了。我心急啊！所以连交通规则都顾不上了。

民　警　我很理解你，不过还得照章办事，罚款还是要罚的。

驾驶员　反正来不及了，买药的钱罚款吧。

民　警　你今天没多带钱？

驾驶员　（点头）……

民　警　那……（沉思）我看这样吧，药是要买的，罚款也是要罚的，驾驶证和罚款单据你拿着，钱我给你垫上。

驾驶员　那怎么行？

民　警　没关系的，等有机会你再还给我吧。买药要紧，你还是快走吧。

驾驶员　哎。（欲下）

民　警　等等，刚才药方上写的那个药店你知道在哪儿吗？

驾驶员　（摇头）……

民　警　喏，就在这里朝前第二条马路左拐弯就到了，这个店要八点才关门，你放心好了，不过，可不能再闯红灯啦！

驾驶员　（感激地握住民警的手）知道了，民警同志，你的钱我一定会还上的。谢谢！太谢谢你了！

民　警　再见。

　　　　［节日的音乐起。

　　　　［雪花飞舞。民警继续认真地指挥着交通。

　　　　　　　　　　　　　　　　（1993年获太仓市文艺会演创作表演双一等奖）

· 小品 ·

# 躁　动

时　间　现代

地　点　某城市民"非典"隔离区

人　物　护士、隔离人、保安

场　景　舞台中央安置着一张单人床和方台、凳，后面是虚拟的窗口。

　　　　[隔离人手拿电视遥控器不停地调频，继而在床上焦躁地翻滚。关电视。

隔离人　唉——！现在这社会真离奇，五花八门样样有，就连生病也有新名堂，什么口蹄疫、疯牛病、红斑狼疮、艾滋病，最近又流行什么"非典"，行话是"萨斯"，听了就离谱，既然都"杀死"了，为啥还要这么折腾？你说我好不容易上了一回北京的金山上，回来却成一个不回家的人。享受特殊待遇，吃喝拉撒一单间，护士、保安日夜守候。老婆在电话那头还说我是进了疗养院。唉——！说句心里话我也想家，家中的老妈妈已是满头白发。可是现在你说这是哪门子事？成了长在哨所旁的一棵小白杨，孤零零地离开了人群离开了家，蹲在这里简直像个活死人，把我憋得直够呛！（看手表）现在是晚上九点，按约定老婆该来接头了，怎么还不见动静？（点烟猛吸，烦躁地来回踱步）

　　　　[外面传出"喵、喵、喵"的猫叫声。

隔离人　（欣喜地）说到曹操曹操就到。想不到我们搞对象时用的暗号今天还能派上用场。

　　　　[隔离人靠着窗口准备拉绳子。

〔护士手托医疗瓷盘上。

护　士　（注视着隔离人的动静）你在干什么？

隔离人　（吓了一跳）哦，没、没干什么。

护　士　（发觉绳子，盯住隔离人）莫非你想脚底抹油——开遛、逃跑？

隔离人　这里一日三餐免费供应，还有你这么漂亮的小姐天天陪伴，舒舒服服，我怎么舍得呢？

护　士　别装蒜！你放绳子干什么？

隔离人　（语塞）我……（急中生智地）哦，闲着没事，测量一下这三楼到底下有多高。

护　士　胡扯！（上前拉绳子，绳的一端竟然结着一只酒瓶）嘿，泸州老窖，还是高度的。你说，这是怎么回事？

隔离人　（尴尬地）嘻嘻，这是……这是我老婆给我送来的慰问品。

护　士　我们早就宣布了纪律，这里是隔离区，不是在家里，隔离人员是不能喝酒的，这会……

隔离人　（接护士的言语）影响体温的测量！

护　士　这么说你知道？

隔离人　不错。

护　士　知道了你还要喝？

隔离人　（不以为然地）是啊！

护　士　那你说说到底是为了什么？

隔离人　（焦躁地）为什么、为什么？在这儿蹲了这么多天，一日三餐是盒饭，门又不让出半步，枯燥乏味象蹲班房。除了这酒，谁来安抚我这颗寂寞、躁动的心。没想到第一次就让你给逮着了。

护　士　（和气地）谁让你进了"非典"重点传染区，回来就得进行隔离观察。

隔离人　进了传染区又怎么啦？我又没被传染。当初，你们让我来测一下体温，想不到你们竟对我实施软禁。

护　士　谁软禁你啦？这是对你、对大家的关心和爱护。你想想，现在全国"非典"肆虐，如果某个人得了"非典"而不加以控制，那么一传十、十传百，那还了得？

隔离人　你说是得了"非典"，可我没得"非典"，你们为什么非要看待我是"非典"？

护　士　是不是"非典"要经过一个阶段的隔离观察才能确定。何况你还有
　　　　六天就可以出去了……

隔离人　等等,你说什么?还有六天?(掰手指头)四六二十四……也就是说
　　　　还有一百四十四个小时。见鬼,我真受不了了。(狂叫)我要回家!

护　士　(耐心地安慰)六天时间在人的一生中只是一眨眼的。我说同志哥,
　　　　你还是忍耐一下吧。

隔离人　忍耐?我能忍耐吗?进来时我是活蹦乱跳的,可现在,让你们折腾
　　　　的天天睡不着觉,弄得我像霜打的茄子——软绵绵的。你们得赔我
　　　　精神损失费,还有营养费。

护　士　我看还不至于吧?像你这样的我们这里有好几十号人。这是作为
　　　　一个公民应尽的义务,现在你唯一的选择就是忍耐和配合,懂了吗?

隔离人　(蛮横地)我不懂!我抗议!你们这是非法拘禁!

护　士　(又好气又好笑地)好了,好了,别耍性子了,刚才让测量的体温
　　　　表呢?

隔离人　(没好气地)不是在台上搁着吗?

护　士　(仔细再三地看体温表惊)四十五度!(转身反复观察隔离人,继而
　　　　用手摸隔离人的额头。)

隔离人　(惊恐地)你怎么这么看我,我这人生来就胆小,你别吓我!

护　士　(盯着隔离人)我说你没事吧?

隔离人　我怎么啦?(做健美动作)你看,我身体特好。当初要不是村里的小
　　　　芳拖我后腿,我早就成了飞行员了。

护　士　不会吧?刚才你还说软绵绵的。我看你是真传染上"非典"了,得送
　　　　进重病区,然后插管子,再不行还要切开你的肺管。别看你现在身
　　　　体像水发香菇胖乎乎的,到时会变成焦盐排条,晒干的辣椒。

隔离人　(吓得瘫倒在地)不、不、不!我没病,我没得"非典",我……

护　士　(向内喊)来人啊——!

保　安　怎么啦?护士小姐。

护　士　这里有个疑是病人,得马上送入"非典"病房。

隔离人　(胆怯地)别、别、别!我说护士小姐、保安大哥,我真的没病,求你们
　　　　别把我送进去。

护　士　(暗笑)那你说,这体温表上四十五度是怎么回事?

隔离人　（喘气、醒悟,不在乎地）原来是为了这个。我是逗你们玩的,我把体温表放进热水杯里了。

护　士　什么? 你……你真无聊!

隔离人　无聊? 是啊,我是无聊,我看你们也是没事找事,吃饱了撑的!

保　安　（气愤地）你怎么蛮不讲理啊!

隔离人　我是没你们那么在理,我是蛮不讲理行了吧? 现在我得马上回去!
　　　　　［隔离人欲走,保安上前拦住。

保　安　（厉声地）站住!

隔离人　（满不在乎地）哎嗨,你这么大声吓唬谁呀? 我又没犯法,你又能把我怎么的?

保　安　你是没犯法,但是如果你现在迈出这个门槛,你就违反了《传染病防治法》,我们就可以报公安机关对你实行强制拘留!

隔离人　（疑惑）强制拘留? 真有这么回事啊? 你别骗我!

保　安　没人跟你开玩笑! 所以你还是规规矩矩地在这儿耽着,配合我们的工作!

隔离人　（泄气）这下可真是和尚的脑壳——没发（法）了。唉——! （躺倒在床上）

护　士　我说同志啊,请你不要再胡思乱想了。说实话,我们也不情愿耽在这里,可是……

隔离人　你们不情愿? 你们这是工作,更何况你们可以常回家看看,可我呢?

保　安　你说什么? 常回家看看? 我们也是很长时间没有回家了! 就拿这位护士小姐来说吧,母亲卧病在床,就连自己的孩子发高烧得了肺炎也没能回家照料,在这里连续奋战了近一个月,你说她图的是什么!?

护　士　（在一旁默默地流泪）……

隔离人　（不解地）真有这么回事?

保　安　（对护士）你说给他听听。

护　士　（平静而深情地）这是我自愿的。当初我主动请愿上这儿就已经做好了思想准备。说实在的,我也多次想回家看看,看看生我养我的慈母,看看我那牙牙学语的可爱的儿子,想起他们真有一种说不出的负疚感。但是,我不能离开这个岗位,这是纪律,是职责! 每当我看着一批又一批隔离人员走出这个大院,我的内心顿感丝丝的安慰。我们没有什么奢望,企盼的就是让"非典"快快远离我们,让世界充满阳光,让天下人都能舒心安逸地生活在同一片蓝天下!

保　安　同志,你还是深刻地反省反省吧!

隔离人　不用反省了。

保　安　(气愤地)你就这么顽固不化?

隔离人　不!现在我想通了,想想你们这段时间耐心周到的服务,我却处处刁难你们,我……我真不是个东西!

护　士　(逗趣地)你本来就不是东西。

隔离人　不是,我是说我是不是东西的东西。(发觉不妥)唉——!还真把我给搞糊涂了。不过,请你们放心,在以后的几天里,我一定积极配合好你们的工作。

　　　　[护士和保安会意地笑了。

隔离人　现在我要求……

护　士　又怎么啦!

隔离人　给我重新测量体温!

　　　　[隔离人端坐床沿上,护士将体温表塞进隔离人的嘴里。

　　　　[定格。

——剧终

(2003 年为抗击非典文艺专场特作)

·小品·

# 卖　鳖

时　间　清晨

地　点　某菜市场一角

人　物　老头,老支书,68 岁

　　　　老太,老支书妻,65 岁

　　　　老板,某私营企业老板,30 多岁

　　　　女干事,某公司办事员,25 岁

　　　[幕在热闹非凡的叫卖声中启。

　　　[老头手拎一只大鳖在妻子的搀扶下踉踉跄跄地上。老头气喘吁吁,不时地咳嗽。

老　太　(爱怜地)老头子,这又何必呢? 你看你自己的身体,能撑得住吗?

老　头　不碍事,不碍事。

老　太　(不满地)你咋这么想不开,要到这里受这份罪?

老　头　你说得轻巧,这么大只鳖咋办?

老　太　炖了你吃呗。

老　头　划不来的,你知道这野生鳖市场上价格有多贵? 还是卖了的好。

老　太　(忧伤地在一旁流泪)你看你……

老　头　好了,好了,这么大年纪了还流什么猫尿,走吧,啊?

老　太　(不动)……

老　头　(恳切地)走吧。

　　　[俩人蹒跚而行。

老　头　你去找个摊位,我在这里等着,啊?

老　太　那你在这别动,我去去就来。(老太左顾右寻状)老头子,那边是卖
　　　　　水产的,我们过去吧。

老　头　好,好。

　　　　[找摊位。

老　头　就放这儿吧。

老　太　别忙,我去为你借个凳子来。

　　　　[老太下。

　　　　[老头和旁边卖主打招呼状。

老　头　(环顾四周,亮亮嗓子)卖鳖喽,又大又肥的鳖喽,快来买呃。

　　　　[老头一阵咳嗽,老太复上。

老　太　老头子,你坐下歇着,我来叫。(放开嗓子)喂——,大家听着,这里
　　　　有鳖出售,便宜卖了,大家快过来呀!

老　头　不能便宜的,要不……

老　太　老头子,你就少说几句吧。(继续喊)卖鳖喽,新鲜的鳖喽,蛋白
　　　　高……

老　头　错了,是高蛋白。

老　太　一样的。(续喊)高蛋白,营养好,赛过乐百氏奶蜂王浆,中华鳖精太
　　　　阳神。

老　头　看不出你还真有两下子嘛。

老　太　电视里学的呗。

　　　　[个体老板手执大哥大,见叫卖,凑上前去。

老　板　(见鳖,兴奋地)哇,好大一只鳖,不见鳖我闷得慌,一见鳖我两眼发
　　　　光喜眉梢。(得意地)哈……

老　太　(不解地)老头子,你看这人怎么啦?

老　头　(摇头,苦笑)……

老　太　这位老弟,你买鳖?你看看,这可是地道的野生鳖啊。

老　板　(故作认真)是啊,我是想买,不过,这鳖太大了,可不怎么值钱啊。

老　头　存心买,便宜点。

老　板　多少?

老　头　一百元一斤。

老　板　太贵啦,我是个爽快人,八十元一斤怎么样?

| 老　太 | （略带喜色）好,好,这只鳖是五斤,五八得四十,四百元。 |
|---|---|
| 老　板 | （欲掏钱） |
| 老　头 | （耿直地）不卖,一百元一斤,少一个子也不卖。 |
| 老　板 | 斤斤计较,你也太小气了,我出这个价已经算是大价钱了,换了别人,谁要买? |
| 老　太 | 老头子,卖了算了。 |
| 老　头 | （不睬） |
| 老　板 | 八十元一斤差不多了,你知道吗? 鳖一斤半至二斤的最好最营养,这么大的鳖我出这个价算是不错了。 |
| 老　头 | 你是欺外行还是怎么的? 看看清楚,这是野生的! 买就买,不买就不买,怎么那么多废话! |
| 老　板 | （手摸着鳖）老头,不要这么死板嘛,你又不是什么金口。这样吧,九十元,怎么样?（突觉被鳖咬住,作痛状）哎唷……疼死我了,快,帮帮忙吧…… |
| | ［女干事上,见状不禁失笑。 |
| | ［老头为老板解围。 |
| 老　板 | （对女干事不满地）人家痛你发笑,你是幸灾乐祸还是怎么的? |
| 女干事 | 我说这位老板,你总不能将人家笑的权利都给剥夺掉吧? |
| 老　板 | 你…… |
| 女干事 | 你怎么啦你? 哼!（和气地）大爷,这鳖怎么卖啊? |
| 老　头 | 简单,你付钱,我给鳖。 |
| 老　太 | 老头,你看你! |
| 女干事 | 没关系的,大爷,我是说多少钱一斤? |
| 老　太 | 呃,姑娘若存心买…… |
| 老　头 | 一百元! |
| 女干事 | 好,那我买下了,不过,是不是你替我去开个发票? |
| 老　板 | 原来是吃阿公的。 |
| 女干事 | （回予一个白眼） |
| 老　板 | （旁白）白吃白拿可报销。 |
| 女干事 | 神经病! |
| 老　板 | 不过,我可对你说清楚了,凡事总有个先来后到吧? |

女干事　（不睬,付钱）大娘,喏,点点,五百元,发票我不要了。

老　太　（欲接钱）好……

老　板　（急,突如其来地提高嗓门）你给我放下! 没那么容易,我先来,一百元钱一斤我买下了。

女干事　你说得轻巧,我钱都付了!

老　板　我先来!

女干事　钱我先付!

老　板
女干事　（同）我先来（我先付）……

老　板　（抢过鳖）拿来吧!

女干事　（急）你这人讲不讲理?

老　板　你这娘们才不讲理呢!

女干事　你……（抢住鳖）

老　板　好男不跟女斗。不过,你可不要将爷们惹火了,到时对你不客气!

女干事　你想怎么的? 我怕你不成!

　　　　［俩人争抢鳖。

老　头　（大喊）都给我放下!

　　　　［老板、女干事惊住,放下鳖

老　太　（怜惜地）老头子,别发火,别发火。

老　头　你们俩我一个也不卖给谁!

老　板　老头,这样吧,我出一百十,你卖给我吧。

女干事　唷,不得了了,一百十,我出一百五。

老　板　老子我出二百。

女干事　（不假思索）二百五。

老　板　怎么,想斗富?（掏出一叠百元大钱）老子有的是钱,随便掏一下,你晚上可当枕头睡。

女干事　你……

老　板　（随手扔给老头一叠钱）老头,点点,二千元。（轻蔑地对女）想跟我斗,门都没有!

　　　　［老板拎起鳖欲走。

女干事　（极不满地）有了几个臭钱了不起啦? 市场价格就是让你这样的人

给搅浑了。

老　头　（厉声地）你给我放下！

老　太　老板（惊讶）怎么啦？

老　头　（坚决地）不卖！

老　太　（不解地）老头子，你今天是咋的啦？

老　头　不卖就是不卖！

老　板　女干事（恳求）老头（大爷），卖给我吧，卖给我吧。

老　头　（不理会）

老　板　（拉老头至一旁）老头，价格好商量，你知道我们做个体户的挣钱也
　　　　不容易，今天要签合同，几十万啊，招待不好，那可是要泡汤的
　　　　呀……

女干事　（拉老头至一旁）大爷求您帮个忙，我们单位今天检查团要来评估验
　　　　收，吃喝的好坏很关键啊……

老　板　（拉老头至一旁）帮个忙吧，今生今世不忘您的大恩大德。

女干事　（拉老头）大爷，你发发慈悲帮帮忙，不然我可要被我们总经理一顿
　　　　白眼蹬出门的呀。

老　板　女干事（争拉老头）老头（大爷）……

老　太　（见状，急）你们，别拉，不要这样！

老　头　（一阵剧烈的咳嗽，踉踉跄跄，几乎晕过去，挣脱）你们……你们……
　　　　还像话吗？
　　　　〔老太急扶老头坐下，替老头又是捶背又是揉胸。

老　板　女干事（对视）哼！

老　板　你这小老头也太黑心了，一只鸟鳖两千块都不卖。

女干事　想靠这只鳖发大财啊？

老　头　（恼怒地）发你娘的十八代祖宗！

老　板
女干事　（齐声）你，你怎么骂人了？

老　头　（振足精神）今天我就是把它扔进河里，也不卖给你们！（提起鳖，踉
　　　　踉跄跄欲将鳖扔掉）

老　太　（拉住老头）老头子，你咋的啦？啊！你就舍得将这么大个鳖扔进
　　　　河里？

女干事　（惊讶地）这老头疯了！

老　板　二千元都不卖,看来今天的生意可要凶多吉少了。我说你是不是作弄人啊?

老　头　（气喘吁吁地）老太婆,我们走!

老　太　叫你不要来你偏要来。

老　板　（上前拦住）走?吃饱了撑的!让大家评评理。

女干事　是啊,该让他说说清楚!

老　头　（气愤地）你,你们……（跟跄,不住咳嗽,晕了过去）

老　太　（着急,哭泣）老头,老头啊,你怎么啦,你这是为啥事啊?老头……

老　板　（冷笑）活该!

老　太　（异常激动地）你说什么?你知道这只鳖是怎么来的吗?他,当了三十多年的村支书……

老　板　村支书有什么了不起的。

女干事　工龄倒是蛮长的。

老　太　这么多年来,他是风里滚来雨里爬,带领村里人搞建设,办工厂,大家富了,他乐了。全村的人感激他,可平时想请他吃顿饭却是比登天还难啊!就是这样的人,命运对他是这样的不公,他得了绝症,绝症啊!……（哽咽）村里人集资要他上大城市动手术,可他说:不能浪费村里人的血汗钱。咱村上的养鳖专业户代表全村人跪着硬送了这只鳖到医院里,要他补补身子,可他说平生清清白白,去时也得干干净净。硬拉我一起要将鳖卖了把钱给困难户送去。我们刚才是在医院里偷偷溜出来的呀。可是,你们……（哽咽）

　　〔女干事、老板面面相觑

女干事　还愣着干吗?快叫救护车!

老　板　（醒悟）噢。不,还是我来背吧。

　　〔俩人搀扶老头,老板背起老头。

　　〔热闹非凡的叫卖声。

女干事　（在前面开道）对不起,请让一下,让一下……

——剧终

（该剧1995年获太仓市群众文艺会演创作一等奖）

· 小品 ·

# 望子成龙

时　间　现代

地　点　苏南某家庭

人　物　男主人,四十多岁

　　　　妻子,男主人之妻

　　　　丹丹,男主人之儿,十五岁

　　　　[舞台上设有台、凳和衣挂。

　　　　[男主人哼着小调穿着打扮,结领带,发觉领带少了一截。

男主人　(发愣)什么玩意?(纳闷)是老鼠咬的?不对,这边这么齐整,不像是……

丹　丹　(怀抱大布娃,上)宝宝乖,不许闹,再闹我打你。爸爸,宝宝要吃饭。

男主人　吃你个头!你几岁啦?都十五了还玩这东西。我问你,这领带是不是你剪掉的?

丹　丹　(傻乎乎眼睛眨巴眨巴看着男主人)……

男主人　你看你,一脸的熊相。快说,是不是你剪的?

丹　丹　爸爸戴领带,宝宝也要戴(露出布娃娃胸前的半截领带)

男主人　(怒不可遏地)你!这么多年的人饭你是白吃了!

丹　丹　我还没吃饭呢。

男主人　我说你是"十三点",你个白痴、蠢猪!看我今天不把你的骨头给抖松了!

丹　丹　(下意识地护住屁股)妈妈快来呀,爸爸又要打我了。

　　　　[丹丹围着桌子转,男主人追赶。

男主人 （猛喊）立定！

丹 丹 （作立正状）

男主人 什么东西！你妈不在，再叫也没用（拎住丹丹，欲打）

丹 丹 （喊）啊唷哇。

男主人 我还没打你叫什么？

丹 丹 提前准备。（指屁股）今天打这边，这边还没痛完呢。

男主人 谁跟你讨价还价，打那得由我决定。（打丹丹的屁股）

丹 丹 （哭喊）啊唷哇、啊唷哇……

男主人 好好的一根领带，你竟然给一分为二了。（抢过布娃娃朝门外扔去）
　　　　我让你玩个够！

　　　　［妻子提着菜篮子上。布娃娃正好扔在她的脸上。

妻 子 啊唷哇，什么东西？（捡起布娃娃）科学发展了，布娃娃也会飞出
　　　　门了。

丹 丹 （似见了救星）妈妈，他打我。

妻 子 又咋啦？儿子是你的出气筒啊？有事没事就看中他的屁股，（指屁
　　　　股）他才几岁，让你折腾成这么大。

男主人 男人的世界……

妻 子 （打断）得了吧，这个家没我能行？

男主人 这是广告词，我还没说完呢。（现出领带）男人的世界——金利兰领
　　　　带，要二百五啦，被他"咔嚓"下去，就剩半截了，一文不值了。

妻 子 （不以为然地）不就是一根中央挡布嘛。丹丹，说给妈听听，为啥给
　　　　二百五的领带给修理了。

丹 丹 宝宝结领带，领带长，宝宝短，就剪了。

男主人 你听听，你怎么就生了这么个鸟蛋？

妻 子 鸟蛋？你说的是人话？照你这么说，你是鸟种罗？我们丹丹有鼻子
　　　　有眼，缺哪样啦？

丹 丹 （指脸部）这是鼻子，这是眼睛，耳朵……

男主人 到这份上了你还帮啥？你看看他，期中考试数学考二分，还是选择
　　　　题胡乱打钩凑巧的；语文就做了一个造句，就"平时"两字，你听听他
　　　　造的啥，说是爸爸平时像只马大哈，见了老酒笑哈哈。

丹 丹 不对，是喝了老酒。

| 男主人 | 去……不是一样的,没有我你连这个句子都造不出来呢。三门功课加起来才十一分,人家的孩子都上初中了,你倒好,还在小学里继续深造。哼,蠢材!白痴! |

丹　丹　　老师说的,种瓜得瓜,种豆得豆。

男主人　　兔崽子,跟我比,飞机上吊蟹——差远了,神经搭错的东西。(欲揍丹丹)

丹　丹　　(躲到妻子的背后)老师说的,好孩子要不打人,不骂人。

妻　子　　你除了打骂还能做什么?现在人家都讲究优生优育,提高人口质量。可我们结婚到现在,你说你养成的是什么生活习惯,打麻将到半夜,还要出去吃什么夜宵,说说你吧,你还说是丰富夜间文化生活。

丹　丹　　喝多了,还走错门口。

男主人　　又不是故意的。喝点酒算什么,这叫提高生活质量。

妻　子　　这不是一回事,有钱也要讲究科学地生活。就拿丹丹来说,现在这个样子你就没责任?刚结婚那阵子,你喝得醉醺醺的,醉了就乖点躺了呗,可你呢,还张飞穿针——有劲无处使。我说慢慢来,现在是独生子女要讲究质量,可你还是莽莽撞撞一点不讲科学地对我发狠劲。

男主人　　就那么一回,有这么巧?

妻　子　　无巧不成书,那段时间我正好是排卵期。

丹　丹　　妈妈,排什么卵呀?

妻　子　　排卵就是……(语塞)小孩子家别插话。

丹　丹　　(嘟哝)问问都不行,小气!

男主人　　就算是芝麻落在针眼里了,可后面的修正期总不能怪我吧?你想想,十月怀胎,他蹲在你肚皮里要十个月,十个月,300多天啊,你有足够的时间作必要的调整,可你倒好,让你多吃点水果你说没滋味,叫你听听音乐吧你说是没雅兴,只吃荤不吃素,合你胃口的就是肥水两嘴角直淌的肥肉和两大碗米饭,看了都觉得心泛。说你吧,你还强词夺理发脾气。到现在你看看他长的像饭桶似的,除了长点肥膘,还长什么?

丹　丹　　(脱口而出)长身体,长骨头,(略思)还长头发。都长,妈妈呃。

男主人　（看着丹丹无奈地摇头）唉——！

妻　子　到现在,我看我俩不要再相互指责了,关键的还是要采取应急措施。

男主人　实实足足的弱智,我对他是没有信心喽。按照现在的规定,非遗传性疾病的还可以生第二胎,要不我们再生一个?

妻　子　再生一个? 你老是酗酒,现在你像是霜打的大葱,不要嘴硬骨头酥了。

男主人　（语塞）你……

丹　丹　妈妈我饿了,我要吃饭,我要吃巧克力。

妻　子　丹丹乖,妈妈让你做一道简单的数学,做好了,妈妈再给你吃,啊?

丹　丹　不,我要先吃巧克力。

男主人　你敢再闹,当心我揍你!

妻　子　丹丹,听话,听好了,20＋25 等于几啊?

丹　丹　20＋25……（掰指头,数指缝,搔头摸耳,重复着数,数不清)妈妈,手指不够。

男主人　（生气,故意地）还有脚呢!

丹　丹　噢。（脱鞋,数脚趾）

男主人　你看看,没治了,实在是没治了。

妻　子　（见情形,神伤、流泪)……

丹　丹　（抱布娃娃）没劲,不做了。还是唱个歌给宝宝听吧。

　　　　［丹丹音调不准地唱起了《少年、少年、祖国的春天》。

　　　　［深沉的音乐起

　　　　［画外音:孩子是祖国的花朵,未来要靠他(她)们去描绘,在知识经济、人才竞争日趋激烈的当今社会,每位家长都希望自己的孩子能够出类拔萃。但我们要请问的是:望子成龙的家长——您现在的生活习惯有利于孩子的健康成长吗?

　　　　　　　　　　　　　　　　　　　　　——剧终

　　　　　　　　　　　　　　　　　　（2002 年为太仓市计生委文艺专场而创作)

六场沪剧大戏

# 丽人泪

金娥　陈永明

时间：二十世纪三十年代

地点：上海滩

人物：苏梅花——富家小姐爱慕虚荣三十岁

　　　钟志良——苏梅花之夫刚正不阿三十二岁

　　　小　梅——苏梅花女儿十二岁

　　　赵索荣——日本翻译官汉奸走狗四十五岁

　　　江娇娇——赵索荣之妻四十三岁

　　　苏　父——苏梅花之父五十五岁

　　　苏　母——苏梅花之母五十三岁

　　　张娜拉——赵索荣后妻二十五岁

[妓女、路人、流氓甲乙、水果店老板、监狱长、狱警、日本

宪兵若干。

# 第一场
## 诱落魔爪

[二十世纪三十年代的旧上海,百乐门舞厅

[灯光昏暗闪烁,靡靡之音中呈现出若干男女舞动的身影,不时传出放荡的笑声。

[妓女在舞厅门前游荡,搜索目标

[幕后伴唱:

　　　　乌云蔽月风雨骤,

　　　　十里洋场刀光影。

　　　　国难家事遭离乱,

　　　　不归路兮梦断魂。

妓　女　(嗲声嗲气地)先生,先生——

路　人　(警觉地)做啥?

妓　女　进去玩一会吧?

路　人　(很生气地)野鸡! 滚!

　　　　[警笛响起,内喊:抓住他,抓住他!

　　　　[妓女在一地痞的暗示下挡住前来追赶的警察。

警　察　他奶奶的,你敢挡老子的路,滚开! 站住,站住!(追下)

妓　女　(不停地四周环视,突然发现目标)先生、先生,你等一等。(下)

　　　　[赵索荣和两流氓鬼鬼祟祟上。

流氓甲　赵翻译,按照你的吩咐,我们在他家门口守候了三天三夜,刚才发现他老婆终于出来了。一路跟踪,现在她朝这边来了。

赵索荣　(与流氓耳语)好,按原计划办。

流氓乙　然后你来个英雄救美。

流氓甲　你可以取得她的信任,然后就可以……(示意相好手势)啊?

　　　　[三人淫笑:哈哈哈……

流氓乙　看,她来了。

赵索荣　快走!(三人急忙下)

苏梅花　(幕后唱)月黑夜,风雨临,

　　　　　　心潮急,气难平。

　　　　　　〔苏梅花神情沮丧地上

　　　　　　(唱)想不到,幸福的小舟顷刻覆,

　　　　　　　　　难料想,源头断水如何过光阴。

　　　　　　　　　夫妻失和起纷争,

　　　　　　　　　如花的憧憬成泡影,

　　　　　　　　　昏昏沉沉离家走,

　　　　　　　　　东南西北难辩分,

　　　　　　　　　心里的苦痛无处诉啊!

　　　　　　　　　恍惚间,不觉步入百乐门。

　　　　　　　　　〔苏梅花步履踉跄,毫无目的地步入百乐门舞厅

流氓甲　(佯装醉意上)哈哈哈,美女,美女。

流氓乙　让我抱抱。

流氓甲　让我亲亲。

苏梅花　你们要做啥? 来人啊,救命啊——!

赵索荣　(一本正经地上)你们在做啥?

流氓甲　唁,你是谁呀? 坏老子的好事,走开走开!

流氓乙　哼! 坏老子的好事,老子给点颜色你看看(拔出小刀刺向赵索荣)

　　　　　　〔赵索荣一下避开,流氓甲扑上去。

流氓甲　嘿嘿,我来!

　　　　　　〔赵索荣一脚踢开流氓甲,二人再扑上去,赵索荣掏出手枪。

流氓乙　枪! 饶命、饶命!

赵索荣　滚!

流氓乙　是、是、是,滚!

赵索荣　快点滚!

流氓乙　是,快点滚!(二人给赵索荣做了一下表情,下)

赵索荣　姑娘你起来吧,他们走了。

苏梅花　(吓得发抖)谢谢先生救命之恩。

赵索荣　姑娘,深更半夜,你怎么一个人在此地?

苏梅花　(唱)眼前这位陌生人,

　　　　　　　　却是我的救命人,

　　　　　　　　他和蔼可亲问原因,

137

　　　　　　　　叫我如何吐真情。

赵索荣　　（唱）眼前这位俏佳丽，

　　　　　　　　楚楚动人撩拨心，

　　　　　　　　她举止形态非一般，

　　　　　　　　待我慢慢探究竟。

　　　　　　（白）姑娘，你怎么一个人在此地？哦，是不是小夫妻闹矛盾了？

　　　　　　　　姑娘——

　　　　　　（唱）你我虽然初相识，

　　　　　　　　　一见如故有缘分，

　　　　　　　　　不知你姓啥姓来叫啥名，

　　　　　　　　　能否对我吐真情？

苏梅花　　（唱）我姓苏来名梅花，

　　　　　　　　出生杭州是名门，

　　　　　　　　爹爹乃是苏敬业，

　　　　　　　　苏府药房有名声。

赵索荣　　（白）哦，原来是苏小姐，失敬失敬。

苏梅花　　不敢当。

赵索荣　　（唱）你是苏府贵千金，

　　　　　　　　父母当你掌上珍，

　　　　　　　　为啥深更半夜离家门？

　　　　　　　　失魂落魄气伤心。

苏梅花　　（唱）实不相瞒告恩人，

　　　　　　　　同窗三年配婚姻。

　　　　　　　　丈夫名叫钟志良，

　　　　　　　　女儿活泼伶俐又聪明，

　　　　　　　　如今是丈夫失业在家里，

　　　　　　　　夫妻常常口角争，

　　　　　　　　今朝又是闹矛盾，

　　　　　　　　因此我一气之下离家门。

赵索荣　　哦，原来，你丈夫叫钟志良。

苏梅花　　嗯，你认识他？

赵索荣　是不是外洋码头做账房先生的?

苏梅花　是的,你们认识?

赵索荣　啊呀,我们是老朋友了。

苏梅花　真的?

赵索荣　(旁白,恶狠狠地)钟志良啊钟志良,我死都不会忘记你!

苏梅花　先生,你真好,谢谢你救了我。

赵索荣　(回过神来)不必了。苏小姐,今朝认识你也是三生有幸啊。来,我
　　　　们里面坐坐吧,请——(二人进内,落座)来人啊,来瓶 XO。(倒
　　　　酒),来,苏小姐,我们干一杯。

苏梅花　不,我从来不喝酒的。

赵索荣　啊呀,这一杯是特地为你压压惊的。

苏梅花　那好吧。

赵索荣　来,苏小姐,我们再来一杯。

苏梅花　不,我不能喝了。

赵索荣　苏小姐,这一杯喝了能忘掉一切烦恼。来,干杯!

苏梅花　(醉晕)我不行了。

赵索荣　哈哈哈,苏小姐真是一个爽快人,我们再来一杯。

苏梅花　不不,我头晕了。

赵索荣　头晕?(狞笑)嘿嘿,机会来了。(上前)苏小姐你怎么啦?

苏梅花　我,我头晕,头晕。

赵索荣　哈哈哈,苏小姐,来来来(摸出香烟)头晕,吃根香烟,等一歇头就不
　　　　晕了。

苏梅花　我不抽烟的。

赵索荣　哎,苏小姐,吸了这根烟,头就不会晕了。

苏梅花　真的吗?

赵索荣　我哪能会骗你呢? 来来(点烟,苏梅花吸烟)苏小姐,你现在觉得怎
　　　　样了?

苏梅花　奇怪,头不晕了,真的不晕了。

赵索荣　不晕了,苏小姐,今后吸了这个以后,你一定会开开心心,快快乐乐。

苏梅花　开开心心,快快乐乐?

赵索荣　(奸笑)哈哈哈……

［幕后伴唱：

腥风血雨世炎凉，

一念之差遭灾殃。

梦中人噩梦遥无期，

任人宰割似羔羊。

［造型,切光。

## 第二场
### 家破人散

［半月后,钟志良家

［幕启。钟志良焦虑地眺望远方

钟志良　(唱)旷日天气布阴霾,

　　　　　昏暗的日子叫人心发慌。

　　　　　梅花她出走已有半个月,

　　　　　每日里忧心忡忡倚门望。

　　　　　志良我四处寻找无音讯,

　　　　　心里懊恼暗沮丧。

　　　　　怪只怪,我一时火气伤她心,

　　　　　恨只恨,这黑暗的社会怒满腔。

　　　　　梅花啊,多日不见可安好,

　　　　　你可知我日夜思念挂断肠,

　　　　　不知你如今在哪里?

　　　　　不见你身影我心惆怅。

　　　　　［小梅从内上

小　梅　妈妈——。爹爹,我要妈妈——

钟志良　小梅,你热度没有退,怎么又出来了?

小　梅　我不要,我要妈妈。

钟志良　小梅,我不是和你已经讲过了,你妈妈外面有点事情,明天就会回来的!

小　梅　爹爹,你骗我! 我晓得,妈妈是和你吵了架才出去的,才离开的。

140

钟志良　（厉声地）不许瞎讲！

小　梅　（哭泣）妈妈，我要妈妈。

钟志良　不要哭了！（心软）小梅，乖，别哭了。

小　梅　爹爹——。

钟志良　爹爹不应该和你发这样的火，进去睡一会吧，啊！

小　梅　（顺从地边哭边下）

　　　　［赵索荣得意洋洋地上

赵索荣　（唱）俗话说，困龙也有翻身日，

　　　　　　　赵索荣我左右逢源好运交。

　　　　　　　依仗在宪兵队里翻译做，

　　　　　　　八面威风多逍遥。

　　　　　　　可偏偏碰到钟志良这个催命鬼，

　　　　　　　告发贩毒差点让我进监牢。

　　　　　　　幸亏前世高香烧，

　　　　　　　老天爷垂青对我多关照。

　　　　　　　如今是苏梅花落入我手中，

　　　　　　　以牙还牙以怨报怨在今朝。

赵索荣　梅花，梅花，你快点啊！

苏梅花　赵先生。

赵索荣　咳！你叫我啥？

苏梅花　索荣，我……我不想离婚了。

赵索荣　你不想离婚了，那昨晚你是对我哪能讲的？

苏梅花　我想了又想，我离不开我的家，更离不开我的丈夫和女儿。

赵索荣　哼！既然你离不开他，那好吧，拿来吧！

苏梅花　啥？

赵索荣　啥？这半个月，你吸的，吃的，身上穿的，全是我的钞票啊。

苏梅花　这个……，哦，索荣，我拿我的金银珠宝抵押给你吧，好吗？

赵索荣　金银珠宝？

苏梅花　是我出嫁的嫁妆，都是一些值钱的。

赵索荣　（狡诈一笑）啊呀，我讲梅花啊，你犯得着留恋这个家，留恋你这个丈夫吗？

苏梅花　他待我还是好的。

赵索荣　待你好？你出来半个月,他来寻过你吗？

苏梅花　不,他一定寻我的,肯定是找不到。

赵索荣　算了吧,一个失业在家的穷男人,连自己都养不活,怎么养得起全家
　　　　呢？他会给你吸这个吗？(拿出烟盒在苏眼前摇晃)难道你不想吸
　　　　了吗？

苏梅花　(打哈欠)索荣,这样吧,你在外面等一等,我进去同他讲吧。

赵索荣　这就对了。不过,你要快点,快点哦!(下)
　　　　〔苏梅花犹豫徘徊,鼓足勇气上前敲门

钟志良　会不会是梅花回来了？(开门,喜出望外地)梅花,你回来啦,快
　　　　进来!

苏梅花　(瞟一眼志良,无声地进门)

钟志良　梅花,这几天你去哪里了？我到处找你啊!

苏梅花　(不吭声,默默坐在一边)

钟志良　梅花,你究竟怎么啦？

　　　　(唱)你心生怨气离家门,

　　　　　　多日来,我思绪滔滔夜不寐。

　　　　　　茫茫人海将你寻啊,

　　　　　　却不知你何处安生何日返。

　　　　　　今见你,人若黄花容憔悴,

　　　　　　志良我,口吃黄连泪斑斑。

　　　　　　夫妻本是同林鸟,

　　　　　　再涩的家庭总是你港湾。

　　　　　　更何况,十里洋场多险恶,

　　　　　　遭人暗算会难挽回。

　　　　　　梅花啊,吵吵闹闹寻常事,

　　　　　　相互谦让要担待。

　　　　　　幸福小舟扬风帆,

　　　　　　一家人其乐融融多恩爱。

苏梅花　(唱)我也想,架起小舟扬风帆,

　　　　　　驶入幸福快乐的港湾。

想当年,不过爹爹强阻拦,

离开杭州与你来到上海滩。

新婚的燕儿暖意的巢,

每日里,生活的节奏情满怀。

平常的生活虽平淡,

安乐的日子也灿烂。

谁料想,你多管闲事生事端,

平静的湖水起波澜,

七彩的梦境遭破灭,

遇霜的花朵将枯萎。

你说要让我担待,

难道你无力养家心无愧。

钟志良 (唱)说什么多管闲事生是非,

越说心里越悲哀。

家庭的责任我应负,

如有差池不推诿。

可是梅花你得想一想,

国破小家怎独慰?

东洋人勾结狗汉奸,

贩卖毒品将我们国人来摧残,

我身为堂堂热血儿,

疾恶如仇怎安奈?

能将国贼来惩处,

心中坦荡无怨悔。

苏梅花 哼,我和你已经讲不到一起了!

钟志良 梅花,我……

苏梅花 好了,好了,我去看看小梅去。

钟志良 梅花——

〔赵索荣打扮成日本人登场

赵索荣 屋里有人吗?

钟志良 (开门,疑惑地)你是……

赵索荣　我问你是……

钟志良　喔,我是这里的主人。

赵索荣　唷西,那么苏梅花是你的什么人?

钟志良　梅花她是我的妻子。

赵索荣　喔,明白了,你是苏梅花的前丈夫,我是苏梅花的后丈夫,(手比画,奸笑)前丈夫,后丈夫,哈哈,唷西,唷西,哈哈哈。

钟志良　你来做啥?

赵索荣　我是来寻找苏梅花的。

钟志良　你给我出去!

赵索荣　巴嘎! 死啦死啦的!（拔出腰刀）

苏梅花　(上,见状冲上去)不能,不能啊!

钟志良　梅花,他是啥人?

苏梅花　(迟疑)他是……

钟志良　(高喊)梅花!

赵索荣　(厉声地)苏梅花,过来!

赵索荣　苏梅花,告诉他,我是什么人的干活。

苏梅花　(尴尬地)我……

赵索荣　你的不讲,我自己来讲。钟志良——

　　　　(唱)今朝我有一事来告知,

　　　　　　梅花已是我女人,

　　　　　　快人快语不隐瞒,

　　　　　　我要你与她来离婚,

　　　　　　为此特地上门来,

　　　　　　想必你一定能答应。

　　　　(白)侬自己看看吧(掏出离婚协议书,)

钟志良　啊? 离婚协议书? 呸!

　　　　(唱)亏你如何讲出口,

　　　　　　你白日做梦困不醒。

　　　　　　钟志良人穷志不穷,

　　　　　　要我答应万不能!

赵索荣　(冷笑)哈哈,一个失业在家的穷男人,连自己都养不活自己,一张嘴巴还这么凶!

钟志良　养得活养不活是我的事,用不着你管。你给我出去!

　　　　〔钟志良开门拉赵索荣出去,俩人推撞。赵索荣从腰间拔出腰刀。

苏梅花　索荣,不能,不能啊!

钟志良　索荣?原来你就是狗汉奸赵索荣!

　　　　〔向赵索荣扑去,俩人扭打在一起。

苏梅花　志良,打不得、打不得啊!

小　梅　(从里哭着跑出)爹爹——

赵索荣　(抢前,一手卡住小梅的脖子,一手持枪顶着小梅的脑门)嘿嘿,今朝
　　　　你女儿在我手上,看你答应还是不答应?

苏梅花　赵先生,我求求你了,你就放了我女儿吧。

赵索荣　好啊,放了她可以,只要叫钟志良答应,我就放了她。

苏梅花　志良,你就答应了吧,他是什么事都做得出的呀,他会杀了我们女
　　　　儿的。

赵索荣　答应不答应?

苏梅花　志良,我求求你了。

钟志良　(无奈地)好吧。

苏梅花　(对赵)他答应了,答应了。

小　梅　(哭喊)妈妈,妈妈……

赵索荣　好,这里有个字据,你敲个手印吧。

　　　　〔钟志良无奈沮丧地按下手印

赵索荣　(接过字据,奸笑)嘿嘿,好了,你可以走了。

钟志良　走,走到哪里去?

赵索荣　咦,你爱到什么地方就到什么地方呀。

钟志良　你搞清楚,这是我的家!

赵索荣　你的家?嘿嘿,苏梅花早就把它抵押给我了。

钟志良　你……

苏梅花　赵先生,我们后面有间厢房,就让他们到后面去住吧?

赵索荣　门都没有!这里,大大小小的房子已经全是我赵索荣的了。

苏梅花　我求求你了。

赵索荣　叫他们滚!

苏梅花　我求求你了

赵索荣　叫他们滚!

苏梅花　(无奈地)志良,他不答应怎么办呢?

钟志良　梅花,我们夫妻一场,想不到你竟会……,哼!

小　梅　(跪下抱住妈妈,哭求)妈妈,妈妈啊! ——

　　　　(唱)小梅跪地求妈妈,

　　　　　　不要抛开我们父女俩个人。

　　　　　　娘啊娘,女儿是你亲生养,

　　　　　　难道你忍心丢下骨肉亲?

　　　　　　只有父亲没有娘,

　　　　　　小梅要比黄连苦三分。

　　　　(白)妈妈——

苏梅花　(唱)女儿声声求娘亲,

　　　　　　犹如钢针刺我心。

　　　　　　与志良十年夫妻共枕眠,

　　　　　　曾经恩爱感情深。

　　　　　　小梅是我亲骨肉,

　　　　　　十月怀胎心连心。

　　　　　　若我今天将他们父女赶,

　　　　　　于心不忍怎能下狠心?

小　梅　(哭喊)妈妈——

苏梅花　(唱)小梅声声妈妈叫,

　　　　　　铁石心肠也动情。

小　梅　妈妈——

苏梅花　小梅,妈妈我是不会离开你的。(央求赵索荣)我求求你,放过我吧?

赵索荣　(拿出香烟)难道你就不想吸这个了吗?

苏梅花　我再也不想吸了,再也不想……

　　　　[苏梅花烟瘾突然上来,赵索荣见机拿出白粉在苏梅花面前摇晃。

钟志良　(震惊)梅花,难道你在吸毒?

赵索荣　(狞笑)哈——

钟志良　(愤怒)赵索荣,我和你拼了!

146

　　　　　［苏梅花毒瘾发作,在地上打滚。

苏梅花　(唱)毒瘾一阵又一阵,

　　　　　　　似千万只蚂蚁钻我心。

小　梅　(上前抱住妈妈)妈妈——

　　　　　［苏梅花用力推开女儿,在地上猛抓猛打,不顾一切趴到赵索荣面前

赵索荣　想吸这个?

苏梅花　(狼狈地点头)是、是、是!

赵索荣　那就叫他们从这扇门里滚出去?

苏梅花　好,好,滚滚滚!!

钟志良　梅花,想不到你会走上这条路。好,我走! 我走!

　　　　　［钟志良拉女儿往外走。

苏梅花　(伸手求赵索荣)给我,给我……

钟志良　梅花,不管怎样,你还是我的妻子,望你好自为之,戒掉毒瘾,小梅,
　　　　　我们走!

小　梅　不,我要妈妈,妈妈——

赵索荣　(狞笑)哈哈哈……

　　　　　［切光。


## 第三场

### 合谋劫财


　　　　　［紧接上场,赵索荣家

　　　　　［幕启。江娇娇不时地向外张望

江娇娇　这个杀千刀的,很长时间没有回来了,把我一个人留在家里,当初追
　　　　　我的时候,讲的花好稻好,现在把我骗到了手,就不管我了。哼! 没
　　　　　有这么简单,老娘我也不是省油的灯!

　　　　　(唱)我出生本是苏北人,

　　　　　　　爹娘养我独单零。

　　　　　　　家乡日子不好过,

　　　　　　　离家来到上海城。

　　　　　　　上海是个活码头,

一时无处生活寻。

只得小篮拎一只，

做做小本生意经。

（白）呵呵，有一天啊，我路过外白渡桥，看见有几个人在打架，有一个狠倒蛮狠的，他一个人打三个人，啊（哟）喂，你一个人（么）哪能打得过三个人呢？眼看他被三个人打在地上，我打抱不平，伸出老祖宗传给我的螳螂拳，三拳二脚，把三个人打得喊爹爹喊妈妈，倒在地上的这个人啊……

（接唱）他急忙上前谢恩人，

见了我美貌动了心，

我朝伊笑一笑，

伊朝对我瞄一瞄，

笑一笑来瞄一瞄，

从此俩人困一道。

白：唉，你们晓得他是啥人啊，嘿嘿——

（接唱）他名就叫赵索荣，

是上海滩有名格白相人。

凭借油嘴滑舌好本领，

在日本人宪兵队里蹲。

从此后在人前耀武又扬威，

人人见他怕三分。

可是伊只要回到屋里来，

看见我就得点头哈腰笑脸迎。

这几天苗头好像不大对，

多天未曾回转门，

但等今朝回转来，

（夹白）不客气，嘿嘿——

（接唱）我要详详细细来盘问。

赵索荣　（得意洋洋上）太太哎——

江娇娇　喔唷，这个杀千刀回来了。

赵索荣　太太哎。

江娇娇　杀千刀啊,你这两天死到啥地方去啦?

赵索荣　太太哎,这两天我做了一笔大生意。

江娇娇　大生意?

赵索荣　赚了一笔大钞票。

江娇娇　大钞票? 拿来,给我!

赵索荣　哎呀,老婆啊,这笔大钞票不是死货,是活货啊。

江娇娇　活货? 杀千刀,你又在骗我是吗?

赵索荣　太太,听我讲——

　　　　(唱)那一天舞厅里厢谈公事,

　　　　　　突然间闻听救命声,

　　　　　　我急忙前去轧苗头,

　　　　　　原来是流氓在调戏一位美佳人。

　　　　　　我拔出腰间小六寸,

　　　　　　吓得他们屁滚尿流逃性命。

江娇娇　真的? 那后来呢?

赵索荣　(接唱)我见他失魂又落魄,

　　　　　　假惺惺上前问原因,

　　　　　　伊支支吾吾不肯吐真情,

　　　　　　我马上拿出撒手锏,

　　　　　　伊服服帖帖依偎在我身。

江娇娇　杀千刀(举手就打)骨头这么轻。我问你,我和她谁好看?

赵索荣　当然是她……

江娇娇　啥?

赵索荣　哦,是她比你难看一点点,不过,她比你温柔一点点……

江娇娇　啥? 我不温柔啊?

赵索荣　你温柔也温柔,不过,你是夜里温柔啊。

江娇娇　你这个杀千刀,我对你说,你如想把她讨转来啊,没门!

赵索荣　啊呀,老婆啊,我哪能敢呢? 你晓得她是啥人啊?

江娇娇　啥人?

赵索荣　就是钟志良的老婆?

江娇娇　啊,你白相她的女人啊?

赵索荣　哼！钟志良告我贩毒,我要叫他老婆吸毒。

江娇娇　你真毒。

赵索荣　哼！这叫无毒不丈夫。

江娇娇　你造孽的。

赵索荣　这都不是为了你吗?

江娇娇　为我?

赵索荣　你吃的穿的,平常还要出去打打麻将,这笔钞票啥地方来啊? 她还是一只聚宝盆呢。

江娇娇　还是一只聚宝盆?

赵索荣　你晓得,她爹是啥人?

江娇娇　啥人啊?

赵索荣　她父亲是杭州城里赫赫有名的药庄老板苏敬业。

江娇娇　还是大老板的囡啊?

赵索荣　这个女人还有一只箱子……

江娇娇　箱子?

赵索荣　这只箱子她是手不离箱,箱不离手。我看这只箱子里面…

江娇娇　是值钱的东西?

赵索荣　对,值钱的东西。

江娇娇　那么她人呢?

赵索荣　就在外面。

江娇娇　快点去叫她进来啊。

赵索荣　嘿嘿黑,老婆啊……

江娇娇　咦,做啥啦? 讲啊!

赵索荣　我想让她做五分钟的太太。

江娇娇　这个么……那我呢?

赵索荣　你就做家里的佣人好了。

江娇娇　(面孔一板,眼睛一弹)不行!

赵索荣　(作点钞票状)……

江娇娇　那只做五分钟,多一分钟也不行。快去,叫她进来吧。

赵索荣　(向内喊)梅花啊,梅花——

苏梅花　(手提箱子上)哦唷,索荣啊,你哪能这么慢的? 一扇门开了这么长时间。

江娇娇　（旁白）这个女人倒是真的蛮漂亮的。（上前拿箱子,翻看）

苏梅花　索荣,她是啥人？我的箱子,我的箱子。

赵索荣　喂,人家的箱子。（把老婆拉到一边耳语）你急点啥？

苏梅花　索荣,搬个凳子我坐坐。

赵索荣　（对江娇娇使眼色）起来起来,太太坐的凳子。

苏梅花　索荣,我嘴巴干了,泡杯西湖龙井。

赵索荣　来啊,泡杯西湖龙井。

江娇娇　没有。

苏梅花　那就碧螺春吧。

赵索荣　哦,泡杯碧螺春。

江娇娇　没有！

苏梅花　哦,那咖啡有吗？

赵索荣　咖啡有,来杯咖啡。

江娇娇　没有。噢,咖啡有的。

赵索荣　梅花啊,一路上辛苦了。

江娇娇　（从里边拿出来,咳嗽一声往前一放）咖啡来了。

赵索荣　味道哪能？

苏梅花　（拿起就吃,喷出来）哎哟,这怎么这么咸格呀？

赵索荣　咸的？咖啡咸的？喂,你泡的是啥？

江娇娇　酱油汤,外加一把盐。我怕她从外头回来,拿细菌带回来,消消毒杀杀菌。

苏梅花　索荣,快点叫她给我拿块毛巾来,让我擦一下。

赵索荣　快快快,去拿毛巾。

江娇娇　（去里边拿出毛巾）毛巾来了。

苏梅花　啊哟,哪能这么臭的？

赵索荣　让我看看。啊呀,要死了,这块是我的洗脚布呀。

苏梅花　哎哟,索荣,哪能办？

赵索荣　去洗个澡,快点去帮太太烧点浴汤水,去去去。呵呵,梅花,你看家里有佣人多少适意啊。

苏梅花　我好像又回到做大小姐的时候了。

江娇娇　（复上）浴汤水烧好了。

苏梅花　（欲取箱子）……

赵索荣　哎，洗澡哪能还带箱子啊？你是这里的主人，一切都是你的了，还怕啥了？

苏梅花　对，今后我就是此地的主人了。（下）

赵索荣　（向江娇娇使眼色）哎，你急点啥啦？

江娇娇　哦，好人么你做，恶人么我做。

赵索荣　这只箱子要吗？

江娇娇　嘿嘿。（向内喊）（赵太太，我来帮你擦擦背啊。（边讲边下）

赵索荣　哈……（学江娇娇的腔调）赵太太，我来帮你擦擦背啊。
　　　　[幕内传出江娇娇的打骂声：我让你贱！让你贱！

苏梅花　（头发蓬松，狼狈不堪地上）哎唷，哎唷——

江娇娇　跑到我家里做太太，你睁开眼睛看看清楚，坐在你眼睛面前的我，才是赵索荣正正式式、恩恩爱爱的正牌夫人——江娇娇。

苏梅花　啊，你！你在骗我，赵索荣，我要和你拼命！

赵索荣　去你的！（把苏梅花推出门外）

苏梅花　我的箱子……

江娇娇　（恶狠狠地）啥？你还想要箱子，你给我滚，滚啊！（将苏拳打脚踢。转身看到箱子，惊喜地）啊哟喂，箱子——

赵索荣　（掏出房契）还有房子了。

江娇娇　房子、箱子统统都是我的了。啊哟喂，我的乖乖，你真是我的好男人啊！
　　　　[切光。

## 第四场

### 破镜难圆

[几天后

[杭州。苏父家客厅

苏　父　唉——！想我苏敬业

　　　　（唱）生意场上摸爬滚打几十年，

杭州城里有名望。

梅花是我掌上珍，

实指望光耀门庭更兴旺，

谁料想，她上了三年洋学堂，

私订终身要自己闯，

百般阻拦不听劝，

甜酸苦辣她愿自己尝。

骨肉情，难割舍，

梦牵小梅外孙那活泼可爱的小脸庞。

可近期为何无音讯？

倒叫我时时费思量。

苏　母　老爷，你又在想梅花和小外甥啦？

苏　父　是啊，今朝一早起来，眼睛跳得厉害，梅花音讯全无，不晓得小夫妻近来过的哪能？小外甥一定长高了吧？

苏　母　小外甥今年已经十岁了，是个大孩子了。

苏　父　哦，十岁了。哈哈哈，怪我这几年只顾做生意，对梅花关心不够。这样吧，你叫老管家去把女儿女婿和小外甥一道接过来，为小外甥好好过一个生日吧。

　　　　　〔钟志良携小梅上

小　梅　外公、外婆开门——

苏　母　说曹操，曹操就到，我们小外甥回来了。

苏　父　老太婆啊，还不快点开门去。

苏　母　好，我去开门。喔唷，我们小外甥又长高了。

小　梅　外婆——（扑到怀里）

苏　父　小梅——

小　梅　外公、外公——

苏　父　快让外公看看。哟，又长高了。

钟志良　爹爹，你身体好吗？

苏　父　哦，身体蛮好。

小　梅　外婆——

钟志良　爹爹，姆妈，梅花来过吗？

苏　母　没有,梅花她哪能啦?

钟志良　哦,没有啥。

苏　母　没有啥我就放心了。

钟志良　哦,姆妈,小梅她肚皮饿了。

苏　母　喔唷,我的小外甥肚皮饿了,好,跟外婆到里厢去。

苏　父　快去吧。

小　梅　噢——(小梅兴高采烈跟着外婆下)

苏　父　志良,梅花没有一道来,她哪能啦?

钟志良　梅花她……

苏　父　哪能啦?

钟志良　爹爹,我不晓得哪能和你讲?

苏　父　是不是小夫妻又吵架了?

钟志良　是的,就是为了我工作的事。

苏　父　你的工作哪能啦?

钟志良　爹爹,我外洋码头的工作被辞退了。

苏　父　好好的,为啥辞退你呢?

钟志良　爹爹——

　　　　(唱)码头老板勾结汉奸卖国贼,

　　　　　　　贩卖毒品坑害老百姓。

　　　　　　　身为热血中国人,

　　　　　　　我告密意愿将他们来严惩。

　　　　　　　谁料想打蛇不死蛇讨命,

　　　　　　　丢了饭碗工作无处寻。

　　　　　　　梅花她百般不理解,

　　　　　　　夫妻感情生裂痕。

　　　　　　　怜惜女儿跟我受折磨,

　　　　　　　特送小梅登岳父门。

苏　父　那梅花现在人呢?

钟志良　这几天我到处寻也寻不到人啊,不过爹爹你放心,我一定会把梅花
　　　　寻回来的。小梅先放在你此地,我走了。

苏　父　到啥地方去?

钟志良　我想还是回到上海寻找梅花。

苏　父　我看不必了,我想梅花赌气出走,等她火气退了以后会来找你们的,
　　　　要是上海寻不到也会寻到杭州的。至于你的工作么,我看还是在杭
　　　　州寻吧。

钟志良　在杭州寻工作?

苏　父　是啊,我们药房的生意你暂时也许插不上手,我有个老朋友是开钱
　　　　庄的,前几天还托我为他物色一位账房先生,这样一来你也正好和
　　　　我们二老有个照应了。

钟志良　那我们啥时候过去?

苏　父　钱庄离此地不远,我们马上过去。

钟志良　好的,那我们马上过去吧。

苏　父　老太婆,我和志良一道去钱庄,马上就回来的。(俩人下)
　　　　〔苏梅花东张西望、轻手轻脚上。苏母从内而出

苏　母　梅花,梅花——

苏梅花　姆妈——

苏　母　梅花,你哪能面色这么难看? 身上的衣服……

苏梅花　哦,姆妈,志良他回来过吗?

苏　母　回来了。

苏梅花　他讲些啥?

苏　母　没讲啥呀。

苏梅花　那他人呢?

苏　母　哦,和你爹爹到钱老板家里去了。

苏梅花　哦,那小梅人呢?

苏　母　小梅在里面玩。梅花啊,你为啥不和志良一道回来? 是不是又吵
　　　　架了?

苏梅花　哦,没有。

苏　母　告诉姆妈为啥?

苏梅花　(唱)娘亲追究问原因,

　　　　　　　叫我如何来告禀?

　　　　　　　若是实情告诉她,

　　　　　　　岂不要活活气死老娘亲。

苏　母　梅花啊,你一定有啥事体瞒着姆妈。

苏梅花　姆妈,没有啥,没有啥啊。

苏　母　没有啥? 那等一会我去问志良。

苏梅花　姆妈,不要去问志良了,我告诉你吧,我和志良吵架了。

苏　母　小夫妻吵架是正常的事,梅花啊,这次回来你一定要多住些时间。

苏梅花　哦,姆妈,我想和你商量一桩事。

苏　母　啥事啊?

苏梅花　喏,因为志良失业,家里的钱统统用光了,我想问姆妈借一点。

苏　母　这个还用商量啊,阿囡啊,你是姆妈的独养囡,我们的钱就是你们的钱,没有用就回来拿,犯不着两个人吵架的,只要你们小夫妻俩的日脚过的安稳,做长辈的也就放心了。

苏梅花　姆妈,真的? 你真是我的好姆妈。哎,姆妈,那你赶快点去拿啊。

苏　母　喔唷,你急点啥啦?(下)

苏梅花　(不停地打哈欠)

苏　母　(复上)小梅啊,你看啥人来了?

小　梅　妈妈——妈妈——

苏梅花　小梅……

小　梅　姆妈,你来了,你看,外婆给我做的新衣裳。

苏梅花　嗯,真漂亮!

小　梅　姆妈,你来了,爹爹也在此地。妈妈,你再也不要走了,我们一家人在一道就不分开了,妈妈——

苏梅花　小梅乖,妈妈还有事,妈妈就要回来的。

苏　母　梅花啊,到底还有啥事?

苏梅花　(见钱一把抢过)姆妈,钱拿来!

苏　母　梅花啊,你哪能拿了钞票就走?

苏梅花　妈妈,我还有事,我走了。

小　梅　妈妈,你不要走。

苏梅花　小梅乖,蹲在外婆家听外婆话,妈妈走了(推开小梅)

苏　父　(上,与梅花撞见,怒视)你、你……

苏梅花　爹爹……

苏　父　(上前一记耳光)你这个不争气的东西!(声音颤抖地,气极)伤风败俗,我没有你这样的女儿,以后不要再让我再见到你,滚!滚!

苏梅花　（掩面哭泣,奔下）……

苏　母　这到底出了什么事啊?

苏　父　你还不知道,志良他全部告诉我了,这个不争气的东西,非但不守妇道,还吸上毒品了呀!

苏　母　啊!（晕厥）

　　　　［切光。


## 第五场
### 狭路相逢


　　　　［离上场半年后。大雪纷飞。舞台旁边有水果摊。苏梅花蜷缩在路灯底下,冻得发抖。

　　　　［一对男女匆匆走过。

苏梅花　（伸出双手乞讨状）先生,行行好,行行好吧。

　　　　「男的对准苏梅花就是一脚:瘪三!扔下烟头,苏梅花连忙捡起猛吸

苏梅花　（唱）大雪纷飞溯风凛,

　　　　　　浑浊的天际阴森森。

　　　　　　看眼前,白雪皑皑肃刹景,

　　　　　　闻远处,爆竹声催新轮。

　　　　　　流落街头成乞讨,

　　　　　　有家难归处绝境。

　　　　　　想当初,我与志良共读时,

　　　　　　也是这般风雪景,

　　　　　　牵手漫步校园内,

　　　　　　你追我赶嬉戏玩耍堆雪人。

　　　　　　不顾爹爹强阻拦,

　　　　　　俩情相依定终身。

　　　　　　婚后的生活多甜蜜,

　　　　　　女儿降生更温馨。

　　　　　　好景不长铁蹄践踏肆横行,

天下苍生遭蹂躏。

汉奸走狗勾结紧,

无恶不作贩毒品。

志良他血气方刚去揭发,

却招来了报复断了薪。

从此后,美满的小家如漂泊的船,

风口里摇摆浪尖上行。

都怪我一时糊涂上人当,

让恶贼乘虚设法施乱淫。

迷恋上毒品迷茫茫,

似脚踩污泥越陷深。

房产首饰拱手让,

还昧着良心逼着志良强离婚。

如今我马路边上来露宿,

只落得衣衫褴褛不像人。

似落魄的孤魂思归巢,

无颜面再见至爱的亲人。

[远处传来"妈妈——妈妈——"的呼喊声

(白);小梅,小梅——

(接唱)忽听远处呼唤声,

更勾起我对女儿思念情。

小梅啊,你是娘的亲骨肉,

可现在,似隔天涯难相聚,

是妈妈身陷困境害了你,

害得你离散娘亲苦伶仃。

(白)小梅,妈妈对不起你,是妈妈害了你啊!

[传出呼呼的寒风声

(接唱)北风呼啸衣衫薄,

饥寒交迫如何到天明?

见前面水果摊头未打烊,

让我偷偷上前做一回梁上君。

158

　　　　　　[正想去偷,被里边老板发现。

老　　板　啥人? 唉,看你啊,年纪轻轻,哪能弄成这副样子? 算了吧,你拿
　　　　　去吧。

苏梅花　谢谢,谢谢老板。

老　　板　唷,走开点,你身上有跳虱的,啊唷——

赵索荣　(西装笔挺上)哈哈哈

　　　　(唱)真是人逢喜事精神爽

　　　　　　　赵索荣我腾达又飞黄。

　　　　　　　皇军对我多得宠,

　　　　　　　官衔俸禄日日上。

　　　　　　　八面玲珑又威风,

　　　　　　　身边的美女一大帮。

　　　　　　　自从前妻休走后,

　　　　　　　第三个老婆又进厅堂,

　　　　　　　她是卫戍司令的义女,

　　　　　　　从此后我又将平步青云上。

　　　　(向内喊)娜拉——

张娜拉　索荣,你等等我呀。(上前挽着赵索荣,发嗲)

　　　　(唱)你我新婚甜如蜜,

　　　　　　　如胶似漆影不分。

　　　　　　　你对我百依百顺多殷勤,

　　　　　　　我这里风情万种喜万分。

　　　　　　　希望你永远将我娜拉爱,

　　　　　　　天长地久永不分。

赵索荣　哈哈哈,亲爱的,相信我,我会永远爱你的。

张娜拉　你真好。(扑到赵索荣怀里)

赵索荣　(看到苏梅花拦住去路)去去去!

苏梅花　赵索荣。

赵索荣　啥? 你认得我啊?

苏梅花　(怒指赵索荣)你就是烧成了灰我也认得你!

张娜拉　索荣,她是啥人?

赵索荣　（上下打量）哦，原来是你？哦，你这个还想吸吗？

苏梅花　（接过赵索荣的香烟，撕得粉碎）

张娜拉　索荣，她究竟是啥人？

赵索荣　她是疯子，疯子！诸位，她是疯子、疯子！赫赫有名的疯子！

苏梅花　疯子，我是疯子？大家听着

　　　　（唱）想当初我是如花一千金，

　　　　　　　沪杭两地有名声。

　　　　　　　爹开药房有威望，

　　　　　　　父母当我掌上珍。

　　　　　　　爹爹送我去深造，

　　　　　　　洋学堂里遇知音。

　　　　　　　不顾高堂强反对，

　　　　　　　只身与志良来到上海幸福寻。

　　　　　　　婚后一年女儿生，

　　　　　　　夫妻恩爱过光阴，

　　　　　　　光阴如箭过得快，

　　　　　　　日月如梭像车轮，

　　　　　　　冬去春来年复年，

　　　　　　　转眼已是十年正。

　　　　　　　我的丈夫钟志良，

　　　　　　　秉性耿直有学问，

　　　　　　　在外洋码头会计当，

　　　　　　　克勤克俭情义深。

　　　　　　　想不到他的老板狠心肠，

　　　　　　　贩卖鸦片制毒品。

　　　　　　　勾结汉奸赵索荣，

　　　　　　　摧残我们中国人。

　　　　　　　有多少个无辜百姓遭毒害，

　　　　　　　妻离子散骨肉分。

　　　　　　　志良他义愤填胸去告发，

　　　　　　　伸张正义抱不平。

得罪了老板是非生，
就这样失业在家庭。
从此生活失来源，
夫妻失和起纷争。
志良他有骨气有志向，
愿投靠我父母亲。
我从小娇生又惯养，
经不起饱一顿来饿一顿。
我每天将他来埋怨，
惹得他对我火来生。
有一天为了女儿生毛病，
夫妻又把口角争，
他失手将我耳光打，
我一气之下出了门。
失魂落魄又伤心，
不知要往哪里行。
谁料想碰着流氓将我欺，
我无路可逃叫救命，
就在这危急危难黑夜里，
碰到了所谓的好心人。
衣冠楚楚赵索荣，
与流氓串通将我来勾引，
表面上正人君子有道德，
实际满腹诡计是畜生。
假装慈悲来安慰我，
将我骗进了跳舞厅，
为我压惊劝我酒，
我两杯下肚就吐真情。
得知我身世他更起劲，
虚情假意来献殷勤。
当时我处在伤心时，

哪知他为了报复阴谋生。

他又是劝酒又赐烟，

说什么让我忘却烦恼有好心情。

几天后，我不知不觉上了瘾，

要想脱身万不能。

他为了霸占我房产，

强迫我与丈夫离了婚。

满以为会对我真情待，

却未料他似毒蝎心肠狠。

夺我钱财设圈套，

与恶妇将我打出门。

父亲气极亲情断，

从此我，流落街头受尽了欺凌。

赵索荣！你是个作恶多端、人面兽心、

卖国求荣、丧尽天良的恶毒人，

我恨不能剥你皮抽你筋，

今日里我要让大家作证与你拼性命！

张娜拉　赵索荣！

赵索荣　娜拉，你听我讲啊。

张娜拉　听你讲、听你讲，你不是和我讲从来没有女人的吗？

赵索荣　啊呀，张娜拉你听我讲啊……

张娜拉　你这个骗子！（一记耳光）我告诉干爹去（哭，急下）

赵索荣　娜拉——（转向苏梅花，怒气地拳打脚踢）你个臭女人，我叫你讲、叫你讲！

　　　　[苏梅花被打得动弹不得，抬头看到水果刀，拾起猛刺上去。激烈搏斗中赵索荣掏出手枪，在厮打中赵索荣被苏梅花咬住手臂，赵手枪失落，苏梅花趁机捡起，将枪口对准了赵索荣

赵索荣　梅花，你听我讲，我们重新来过，我会对你好的……

苏梅花　你！你给我去死吧！

　　　　[苏梅花将仇恨的子弹射向赵索荣，赵应声倒下

苏梅花　（茫然地，惨笑）他死了，他死了。哈哈——

## 第六场
### 梅花魂归

〔半年后,监狱

〔苏梅花神色黯然、苍白地蜷缩在一角

〔狱警引领,钟志良携女儿上

狱　警　慢!上锋规定,探监只能一个人。

小　梅　爹爹,我要妈妈,我要见妈妈。

狱　警　不准大声喧哗,走、走、走!(推小梅下)

〔钟志良与苏梅花四目相对

钟志良　梅花——

〔幕后伴唱:

月缺月又圆,

泣血泪横飞。

相见在咫尺,

是悲还是喜。

盼相见,怕相见,

究竟是悲还是喜?

多少夜,思念亲人梦魂牵,

今相见,如隔阴阳在梦里。

钟志良　(唱)见梅花,面黄肌瘦眼失神,

志良我,郁闷悲苦痛心间。

苏梅花　(接唱)想不到我临死还能见到你,

说不出高兴在我心,

感谢你能念着夫妻情,

来探望我这个有罪人,

志良啊,我的亲人啊,

梅花我一死无怨心。

钟志良　(接唱)梅花啊,劝你莫说伤心话,

你我夫妻感情深。

163

都怪这世道太黑暗，

只落得骨肉亲人两离分。

是我无力保护你，

害你进了监牢门。

苏梅花　（接唱）志良你千万不要如此讲，

这样讲更使我梅花难安心。

当初你苦口婆心恳求我，

我却是忠言逆耳听不进。

我不该冷言冷语将你伤，

抛下了亲生女儿太狠心。

更不该听信奸贼赵索荣，

上当受骗吸毒品。

亲手将美满家庭毁，

我是错入歧途悔恨深。

钟志良　（接唱）梅花切莫自责多悲伤，

要相信风雨过后会天晴。

况且你我还年纪轻，

一定能枯木逢春获新生。

你定要鼓起勇气精神振，

争取早出监狱门。

望你养好身体重做人，

远离毒品去迎接光明好前程。

苏梅花　还能有这样的日子吗？

钟志良　有！一定会有的！

苏梅花　（唱）志良不必宽慰我，

我是深深自责罪孽深。

梅花我一死无足惜，

劝志良不必太伤心。

我晓得你对我梅花深深爱，

深深爱啊！

是我没有这好福分。

看来我不久要离人世，

还有一事挂在心。

〔苏梅花昏厥过去

（白）小梅，我想见一见我的小梅

钟志良　梅花，梅花（摇晃着）你哪能啦？快来人，快来人啊——

狱　警　做啥啊？哇啦哇啦。

钟志良　（央求）她实在不行了，就让她母女再见上一面吧。

狱　警　不可以的！

钟志良　（掏出钱塞给狱警）长官，你就行行好吧。

狱　警　好吧，看你们可怜，那就见上一面吧。

钟志良　谢谢，谢谢长官。

〔小梅哭喊着上

小　梅　妈妈——

钟志良　梅花，你醒醒啊，小梅来了。

苏梅花　（睁开眼睛，母女拥抱）小梅——

小　梅　（唱）见妈妈，骨瘦如柴人消瘦，

　　　　　　　小梅我，心如刀绞泪如雨。

苏梅花　（接唱）见女儿，年幼为我受凄苦，

　　　　　　　梅花我，泪如滂沱心愧疚。

小　梅　（接唱）妈妈，你可知女儿日日将你盼，

　　　　　　　无妈的日子多惨凄。

苏梅花　（接唱）女儿啊，妈妈是夜夜将你想，

　　　　　　　睡梦中，哭醒呼唤我亲生女。

钟志良　（接唱）多少回伤神多少回期盼，

　　　　　　　今日里在狱中

　　　　　　　一家人悲喜交加重团聚。

小　梅　妈妈！（扑到苏梅花怀里）

苏梅花　小梅！（又昏厥，醒来）妈妈看来要离开你们了，真舍不得啊！

小　梅　（哭泣）妈妈，不会的、不会的。

苏梅花　（唱）看来我生命已经到尽头，

　　　　　　　临终前还有一事挂在心。

钟志良　你讲吧。

苏梅花　（接唱）还有我那年迈俩双亲，

　　　　　　　　抚育我成长费尽心。

　　　　　　　　妈妈她贤惠多慈祥，

　　　　　　　　爹爹是一身正气菩萨心。

　　　　　　　　鸟雀尚知反哺义，

　　　　　　　　我却让他们为我操碎了心。

　　　　　　　　有心当面去忏悔，

　　　　　　　　怎奈我病魔缠身要黄泉奔。

　　　　　　　　求志良，看在夫妻情分上，

　　　　　　　　答应我，替我养老送终尽孝心。

钟志良　你放心吧，我一定会照顾好的。

苏梅花　（接唱）梦系终释怀，

　　　　　　　　犹已灯油尽。

　　　　　　　　我将乘鹤去，

　　　　　　　　阴曹悔自身。

　　　　　［苏梅花气绝长逝

钟志良　梅花，梅花你哪能啦？梅花——

小　梅　妈妈，妈妈——

钟志良　梅花——

小　梅　（哭喊声，回荡）妈——妈——

　　　　　［定格，定位光特写

　　　　　［幕后伴唱

　　　　　　　　啊——

　　　　　　　　滚滚怒潮空逝去，

　　　　　　　　留得遗恨绵绵长。

　　　　　　　　　　　　　　　——全剧终

（此剧2014年获评中共太仓市委宣传部"五个一工程奖"入选奖）

# 02

| 曲艺 |

**独角戏**

# 把 关

甲　唷,老同学,好久不见,你好吗?

乙　保密。

甲　你孩子该上中学了吧?

乙　保密。

甲　你哪能啦?

乙　保密。

甲　(打量"乙",旁白)不对呀,哪能伊两只眼睛定洋洋,定洋洋,嘴巴里还
　　不停地叽里咕噜,会不会这里(指头)总开关出了故障,神经搭错了?

乙　(自言自语地)保密。

甲　(拍着"乙"的肩膀,大声地)喂,老同学,你……

乙　(惊跳起来)我、我哪能啦?

甲　你、你有没有毛病呀?

乙　我、我有啥病?

甲　那你刚才……

乙　刚才我哪能啦?

甲　嘴巴里叽里咕噜,不停地说着保密。

乙　(顿悟)噢,刚才我在默记新《保密法》有关规定和要求,可能思想太集
　　中了,你说的话我一句都没听进去,实在抱歉,不好意思,不好意思。

甲　我还以为你这里出了问题了。

乙　哪能会呢。

甲　哎,你背《保密法》作啥?

乙　我是单位的涉密人员，新修订的《保密法》已经实施了，当然我要熟悉啰。

甲　老同学，《保密法》保密的是啥呀？

乙　保密的范围太广了，我只能简单地讲。就从国家来讲，"保密"，就是国家的秘密不能泄露。譬如，国家的政治、经济、国防、外交等等领域，如果秘密泄露了，肯定会给国家的安全和利益遭受严重损害。

甲　不错。不过，有件事我要向你请教。

乙　谈不上请教，大家一起可以探讨探讨。

甲　我表妹你应该认识的吧？

乙　是不是毛宇娜？

甲　对。现在人家要告她采取不正当手段，用色情挖走娄江美丽有限公司的技术人员，人家要告她侵犯商业秘密罪。这件事我想不明白。

乙　这件事我知道，娄江美丽有限公司的技术人员就是我舅弟洪杉雨。

甲　对对，人家叫伊烘山芋。

乙　事情的性质的确侵犯商业秘密，是不是构成犯罪，那由法院来判决了。

甲　我问过我表妹，来龙去脉我一清二楚。根本谈不上侵犯商业秘密。

乙　事情发生后，我也问过我舅弟，前后经过我也清清楚楚，的确是侵犯商业秘密。

甲　我现在为表妹叫冤。

乙　不要叫冤不叫冤，我看这样好不好，我们二人代表他们二人，把经过的事来模拟一遍，让观众来评判一下，你说好不好？

甲　好呀。我来做我表妹毛宇娜。

乙　我来做我舅弟洪杉雨。

甲　开始。

乙　（表）2008年，毛宇娜的单位扬州保洁公司生产的化妆品，在市场上销售不畅，不断下滑，她看到娄江美丽有限公司生产的化妆品CC霜，在市场销售畅通，节节攀升。为了扭转困境，担任副总经理的毛宇娜想起大学读书时的同学——娄江美丽的有限公司的技术人员洪杉雨，想利用洪杉雨来改变公司的困境。同年六月的某一天，毛宇娜在扬州迎来了大学同窗洪杉雨——

甲　（扬州话）杉雨，我想死你了，走，我们去酒吧坐一会吧。

乙　（常熟话）老同学，我也想你呀。曲艺["乙"表：边说边坐上宝马车直奔酒吧。汽车声用口技来表达。

甲　杉雨，这里坐。

乙　宇娜，你也坐呀。

甲　你到我们扬州，我去点一曲扬州小调来欢迎你好吗？

乙　扬州小调我欢喜听的。阿是乖乖隆的咚。

甲　（笑）差不多吧，你听了就知道。曲艺["甲"又扮起唱扬州小调的歌女。

乙　（拍手）宇娜，扬州小调蛮好听的。

甲　（恢复原角色）是吗？

乙　好听好听。

甲　杉雨，我们毕业以后，四年没碰头了。今天请你到扬州来，我心里说不出的高兴，来，干一杯，算我为你接风。

乙　干！谢谢老同学。

甲　你夫人好吗？

乙　她很好。这样，我代表我夫人敬你一杯。

甲　要二杯。

乙　好，我干！哎，你老公怎样？

甲　别提了，我们已经散伙了。

乙　什么，你们离婚啦？那你现在……

甲　单身，一个人过自由自在。高兴做啥就做啥，没有人牵连，开心。

乙　你还年轻漂亮，个人问题要考虑的。

甲　唉，现在单位不景气，产品在市场上销售不畅，公司的事让我伤透了脑筋，没精力考虑个人问题了。（突然）哎，老同学，说实话，在大学读书时，我对你有好感的。可是，你对我蛮冷骂骂的。

乙　不是我冷骂骂，我攀不上你，你是出名的校花，追你的人一个排，我心里想是想的，就是不敢呀！

甲　胆小鬼！（一只手搭到"甲"肩膀上。）

乙　（表）毛宇娜一只手搭到洪杉雨的肩膀上，洪杉雨骨头顿时轻了起来。酒过三巡，洪杉雨舌头大了起来。（复原）宇、宇娜，我们是同、同行单位，竞争归竞争，友谊归友谊，你讲是吗？

甲 我们的化妆品哪能竞争过你们,你们现在天天吃鱼吃肉,我们连粥都喝不上了。

乙 产品可以创新嘛。

甲 你说得容易,可是我们缺乏技术力量呀,像你这样的技术人员到啥地去寻呀?

乙 这倒是个问题。

甲 老同学,如果你到扬州来,我包你一年 100 万,怎么样?

乙 别开玩笑了,我不可能到扬州来的。

甲 我不是开玩笑,真心诚意的。来,老同学,我们来个交杯酒,敲定好吗?
　　[甲用眼神来挑逗乙,乙神魂颠倒。

乙 (表)毛宇娜不但用金钱引诱,而且当夜以身相许,一夜急风暴雨后,洪杉雨的脖子被毛宇娜紧紧牵牢了。洪杉雨为了跳槽,到扬州找碴同单位的头头闹翻,辞职不干。时隔不久,他把原单位的产品配方、制作工艺带到扬州保洁公司,使原来单位经济上遭受了重大损失。原来的单位上诉法院,状告洪杉雨、毛宇娜侵犯商业秘密,要求赔偿和承担法律责任。

甲 哎呀,这样看起来,他们是有问题了。

乙 哪能,我说得不错吧?所以,在当今信息化时代,党政机关和涉密单位必须认真做好保密工作。涉密人员必须要思想健康,热爱祖国。

甲 还要做到忠于职守,经得起各种诱惑,像我舅弟洪杉雨就是经不起诱惑,泄露了原单位的产品配方、工艺制作等秘密,侵犯商业秘密给原单位造成重大损失。

乙 用人单位也要防患于未然,对掌握核心商业秘密的人,在劳动合同签订中要写明几年内不准从事本行业工作的竞争避止合同,通过增加工资补贴等手段来避免商业秘密泄密事件的发生。

甲 看来涉密人员必须要过硬,哎,老同学,你也是涉密人员,不要像你舅弟洪杉雨那样,见了金钱美女脚都站不稳。

乙 哪能会呢,我会把好秘密这道关。就是你老同学来引诱我,我脚桩硬邦邦也不会弯!

（2010 年为《保密法》颁布实施文艺专场宣传而创作）

独角戏

# 芝麻开花

陈永明　　徐兆群

合　尊敬的各位领导,各位来宾,大家好,你们辛苦了,向大家拜个早年,在新的一年里,祝大家一帆风顺,两全其美,三阳开泰,四季平安,五福临门,六六大顺,七星高照,八面聚财,久久安康,十全十美,百事快乐,千禧大年,万事如意。

甲　(对着乙)同样祝你在新的一年里更牛更旺!

乙　(对着甲)也祝你更像雌老虎!

甲　啥?!

乙　别发火,明年什么年?

甲　虎年。

乙　你是雌的,阿是雌老虎。

甲　回顾我们太仓近几年的建设成果,可以用两个字来形容。

乙　哪两个字?

甲　一个是牛! 一个是虎!

乙　对,2009年虽然碰到金融危机,但是,我们上下一致,危中求机,实现地区生产总值608亿,全口径财政收入达到138.3亿元,牛气十足。

甲　新的一年虽然刚刚开始,但已经是虎虎生威,2010年我们太仓要"加快发展、转型升级",财政收入增长16%,太仓港集装箱吞吐量力争达到250万标箱,阿是虎虎生威。

乙　(学虎叫——)

甲　喔唷,这老虎叫倒是蛮像的。

乙　没有你像,侬这只雌老虎叫起来还勿曾发育,还是小妹妹来。

甲　喏! 随便啥物事全要比较,过去我记得老百姓当中有句顺口溜,叫老区乱糟糟,新区一片草,港区半条桥。

乙　现在两样了,老区热闹面貌好,新区高楼一幢幢,港区气势冲云霄!(摆一个造型)

甲　(立即唱出)哎——欢声的锣鼓……今天是个好日子呀——(甲先跳舞,然后乙跟跳,造成一种欢乐气氛)

乙　喂,喂,侬哪能跳起来了?

甲　开心啊! 我是情不自禁。我伲老百姓勿讲大道理,要实打实。

乙　对!

甲　生活当中就是四个字,衣食住行。

乙　衣,这个好像没啥变化,过去穿衣裳,现在也是穿衣裳。

甲　(用手在乙眼前晃晃)

乙　喂,啥事体?

甲　看看侬眼睛阿生白内障,侬真是有眼无珠,我问侬,过去侬穿啥?

乙　里向一件老布衫。

甲　然后呢?

乙　再罩一件晴纶衫。

甲　外头呢?

乙　一件硬邦邦的老棉袄,一到冷天冻得双脚跳,冻疮痛得哇哇叫。

甲　现在呢?

乙　贴身一件太极棉的保暖衫。

甲　啥价钱?

乙　1300 元。

甲　嗯,名牌,然后呢?

乙　罩一件鄂尔多斯的羊绒衫。

甲　几钿一件?

乙　1800 元。

甲　再有呢?

乙　一件法国阿玛尼的真皮袄。

甲　多少价位?

乙　2600 元。

甲　大品牌,外面呢?

乙　一件精口皮尔卡丹的风衣,价格 4400 元。

甲　唷,勿得了,世界品牌。好,从里到外,还勿包括裤子、皮鞋,一件 1300,
　　一件 1800,一件 2600,一件 4400,侬身浪衣裳已经超万元,(万元户)还
　　讲呒没变化?

乙　喔!你讲这方面,那当然变化大,我以为过去穿衣,现在也是穿衣,有
　　啥两样。

甲　对!虽然都是穿,过去保暖型,现在是时尚型,名牌型,漂亮型,侬看我
　　们太仓城里,男男女女,老老少少全穿着得漂漂亮亮,一到夜快,各社
　　区的广场上跳舞的人,多少多啊"蓬嚓嚓,蓬嚓嚓",(二人跳舞)念:

乙　毛阿姨。

甲　徐伯伯。

乙　多大了?

甲　60 啦。

乙　看不出。

甲　真的吗?

乙　像朵花。

甲　什么花?

乙　喇叭花。

甲　去你的!

乙　心情开心,社会和谐。

甲　对,我们太仓现在是市场繁荣,商场林立,华联、联华新世界、南洋广场
　　大润发,还有新城商场、时代超市沃尔玛……里向的商品应有尽有,许
　　多外国人看了(外国语)。

乙　(缠一句像音笑话)……

甲　那是夸奖我们的衣着漂亮,上品位,上档子,是德语。

乙　喔!这是衣,衣食……食么就是吃。

甲　我晓得侬吃顶欢喜,不过吃来吃去象排骨。

乙　讲到吃,我想过去也是吃,现在也是吃,呒啥讲头。

甲　(用手在乙眼前晃晃)

乙　作啥？又要晃了。

甲　我看侬眼睛里生了苍蝇籽。

乙　哪能？

甲　侬看看，现在老百姓吃得勿要太好，无论宾馆、餐厅、饭店，啥地方勿是丰盛佳肴？就是家里也是天天像过年。

乙　给侬一讲，我倒想起来了，特别子女结婚，排场大啊，小菜一道道，堆得像宝塔，新郎新娘开心啊，一拜天地，二拜高堂，夫妻对拜（甲乙拜，二人碰额角头）。

甲　哪能我搭侬拜天地了？

乙　情不自禁呀，喔唷，勿要拜了，我现在馋死了，格么俚太仓有点啥格好吃的？

甲　那太多了，侬想吃点啥？

乙　（馋状）我都想吃。

甲　格么喏！我来告诉侬，新锡爵、丞相府、花园酒店新梅华，锦江、世代大酒店，娄东宾馆、金三峡，还有世代、宝龙、金太仓……

乙　迭能多啊，格么有啥特色伐？

甲　要吃海鲜到浏河：长江三鲜河豚鱼，黄鱼带鱼梭子蟹，应有尽有样样有；要吃羊肉到双凤，侬要壮阳还是到陆渡吃狗肉，外国人吃到我俚太仓的特色菜，激动啊，（法语）。

乙　（缠一句像音笑话）

甲　勿要搞了，那是一句法语，夸奖太仓的美食，好吃，好吃！

乙　那三，是"住"了。

甲　哪能？又是过去是住，现在也是住……

乙　勿勿勿，这个大家是有目共睹，侬看，新型、漂亮、舒适格住宅小区是枚不胜举，有：群悦豪庭、彩虹天下、金色江南、宝龙公寓，还有高尔夫湖滨花园、上海花园、阳光花园、国泰花园、江南花园、盛大花园、华侨花园……

甲　哪能都是花园？

乙　漂亮呀！市政府还专门拨出专款改造住宅老区，现在是粉砖黛瓦、绿树花草、整洁漂亮，在农村，通过新农村建设，一群群高级别墅连成一片，环境幽雅，美丽宽敞。

| | |
|---|---|
| 甲 | 的确漂亮! |
| 乙 | 关注民生,市政府出巨资兴建的市传媒中心、图博中心、文化艺术中心,第一人民医院等公建设施不久也将对市民全面开放。有个日本参观团来到太仓,看了以后,(日语)。 |
| 甲 | (搞一句像音笑话) |
| 乙 | 勿要搞,日本朋友在夸奖太仓住房大大的好来西。 |
| 甲 | 所以,我勒市郊买了一套别墅,这里环境好,空气好,住着勿要太舒服。 |
| 乙 | 侬买勒啥地方? |
| 甲 | 陆渡。 |
| 乙 | 啊呀,太远了,进出勿方便。 |
| 甲 | 侬错了,我们的城市变大了,但地球变小了,出门全有汽车,快啊! |
| 乙 | 唔,讲到行了。 |
| 甲 | 勿要说陆渡,就是到沙溪,看见伐?一条东亭路笔直,直到沙溪白云路,四只轮子一滚,侬一只哈欠还勿曾打好,到了。勿要说到沙溪,就是到上海也是眼睛一眨,一歇歇的辰光。太仓的公路纵横交叉,星罗棋布,非但有高速,还要有轻轨。 |
| 乙 | 侬买车子了? |
| 甲 | 买了。 |
| 乙 | 喔,对,买了一部破车子。 |
| 甲 | 啥个破车子,叫波罗。 |
| 乙 | 适意,有了私家车,一家门出去兜兜,多少浪漫。 |
| 甲 | 当然,过去有人讲,太仓没有啥地方可以别相,现在两样了,西边有西庐园,南边有滨湖风光带,还有南园…… |
| 乙 | 对,东边艳阳庄,中部金仓湖。 |
| 甲 | 还有郑和公园、生态园。 |
| 乙 | 还有月季园、牡丹园。 |
| 甲 | (车鸣叫声)叭叭——,呜—— |
| 乙 | (车鸣叫声)嘀嘀——,浦—— |
| 甲 | 咦!侬哪能也有车子? |
| 乙 | 侬以为只有侬买得起车子! |
| 甲 | 喔,对了,听侬讲买了部蹩脚车子。 |

乙　啥个蹩脚,别克,名牌,侬波罗,我别克,苗头比侬足。

甲　侬到啥地方去?

乙　太仓一日游。

甲　我,一日太仓游!

乙　叭叭——,嘀嘀——

甲　太仓变大了。

乙　太仓长高了。

甲　新的一年,我们太仓市政府将把改善和保障民生作为最大的追求和最终目标。

乙　对,让改革发展的成果更多地惠及全市人民,我们的生活将更加美好。

甲　太仓更富了。

乙　作为一个太仓人,感到自豪!

合　(唱,模仿京调《我是一个中国人》)

　　我是一个太仓人,

　　精致和谐务实创新,

　　做一个激奋勇进的太仓人——

　　　　　　　　　　　　　　(2010年太仓市春节团拜会专题节目)

## 独角戏

# 自讨苦吃

乙　亲爱的观众朋友们,大家好!(见甲不开口,继续说)今朝我们两个人为大家表演一段独角戏。(见甲闭着眼睛)喂、喂、喂!该轮到你了!哪能一上台就困着了?

甲　不是呀,刚才我出场格辰光突然看见最后一排的一男一女正在亲热……

乙　嘿,滑稽吗?人家两个人要好亲热关你啥事体呀?

甲　公共场所,格总是不太雅观喽。再讲我这个人心直口快,看见了讲出来要难为情的,所以么我只好将眼睛闭起来了,这个叫作眼不见为净。

乙　啥格路道呀?我看你是脑子搭错筋了!

甲　不是的,我告诉你,因为我最近正在研究眼睛的作用。

乙　眼睛的作用?又毛病了!大家都知道的,眼睛的作用就是看东西呀。

甲　这个你就不懂了,眼睛的开和闭,这里大有学问了!

乙　这有啥学问?

甲　喏,眼睛有辰光应该开,有辰光应该闭,应该开不开,应该闭不闭,就要出问题。

乙　喔?这么严重?

甲　譬如你走在马路上,穿过斑马线,眼睛就要睁开,前面看看红绿灯,左右看汽车脚踏车,假使汽车开过来,你闭紧眼睛,坚决不看,就容易出危险。

乙　搭自己性命寻开心。

甲　夜里困勒床上,眼睛应该闭紧,静静心容易困着。假使你眼睛睁得老老大,一夜到天亮,东张西望,就会困勿着,影响休息。

乙　这你用不着关照,大家全晓得的。

甲　假使你看见人家随地吐痰,你应当——。

乙　睁开眼睛去管一管。

甲　多管闲事就要惹事生非。

乙　那眼睛闭紧,死人不关。

甲　你对妨碍公共卫生的坏习惯,不问不闻,思想推板。

乙　那应该哪能?

甲　应该睁一只眼睛闭一只眼睛。

乙　喔,原来是这样!

甲　总而言之,对自己有利之事,譬如发奖金搭便宜货,眼睛要睁睁大。

乙　对坏人坏事,不良风气呢?

甲　我不来揭发你,你也别找我麻烦,大家眼开眼闭,和平共处。

乙　好极了,同坏人坏事和平共处。

甲　就像我上星期六带了伲宝宝乘公共汽车,怪我眼睛不曾闭拢,看见一个小偷手伸到一位老太太的袋里。

乙　你应该马上去抓这个小偷。

甲　我告诉你,格种小偷都是妄命之徒,袋里都有匕首,到辰光将你嚓一刀,你吃得消吗?

乙　格哪能办?

甲　(闭起眼睛打呼噜)

乙　(拍肩)喂! 老兄! 好醒醒啦!

甲　唉! 本来我假装困觉好呒没事体,哪晓得我的小家伙不懂事,哗啦哗啦叫:爸爸! 爸爸! 一个贼骨头。

乙　嘿! 你思想不如一个小孩子。

甲　宝宝一喊,车子上一些人把目光"唰"集中到小胡子身上,小胡子住我身上一靠,问我阿曾看见贼骨头。

乙　贼骨头就是你。

甲　(打呵欠)啥个十元头,我袋袋里只有二张五块头。

乙　倒装得像格。

甲　格辰光那位老太太一摸丢了个绢头包,就哗啦哗啦哭起来。吃牢小胡子,可小胡子把所有的袋袋翻给老太看,没有老太太的钞票。

乙　那绢头包一定转移掉了。

甲　(扮小胡子)喂!老太太,你年纪大了,阿会忘记在家里,阿会丢失在其他地方,冤枉好人要犯罪的,老太太,你要好好叫学学法律,不要做法盲。

乙　这真叫贼铁嘴。

甲　老太太有点木头木脑,伊自己也已记不起来了,大家也吃不准是真是假,车子齐巧到站小胡子大模大样下车了。

乙　唉!可惜。

甲　回到家里,我决定对宝宝好好教育一番,使他从小懂得应当怎样做人。

乙　(对甲)看你怎样教育宝宝?

甲　(对乙)宝宝!

乙　啥?我变宝宝?

甲　代一下。宝宝!你这孩子真不懂事,看见小偷哗啦哗啦叫什么?

乙　爸爸!幼儿园王老师说的,看见坏人要报告民警叔叔!

甲　王老师懂什么!有句古话,叫贼出关门,什么叫贼出关门你懂吗?

乙　宝宝不懂。

甲　爸爸告诉你,贼出关门就是看见贼出来就关门,这门是眼皮。眼睛闭起来就是关门,看见小偷就要像爸爸一样,闭拢眼睛就叫贼出关门。

乙　啊?贼出关门是这样解释的。

甲　如果看见小偷不闭眼睛,哗啦哗啦喊,小偷就会拿刀割你鼻头,你怕吗?

乙　我不怕!

甲　去!宝宝被我吓得哭起来。

乙　嘿!有你这样教育孩子的?

甲　我教育好以后,就去买香烟,一摸怎么袋里多了个绢头包。

乙　快看看,啥物事?

甲　一看里面包着四百元钱。喔!这是老太太失窃的。

乙　对!快去向公安局报案。

甲　报了案,只怕公安局寻勿着小胡子,小胡子寻着我,半夜里将我喀一刀,死得多冤枉。

乙　啊!

甲　嘿!过了三天,我在房间的写字台上见到一张条子。

乙　啥人写来的?

甲　(读条)亲爱的!你在公共汽车上对我的行为闭起眼睛,假装睡觉,积极配合我,为我安全地保存了钞票,深表感谢。

乙　嘿!贼伯伯对你表扬。

甲　麻烦你将钞票在明晚八时放在园区公园假山旁第三个石洞里。下面署名你的知心朋友。

乙　怎么小偷称你知心朋友。

甲　他知道我心的朋友。

乙　喔!这样的知心朋友。

甲　我一看,难么弄僵,哪能办?

乙　不要紧的,你可以拿出撒手锏,眼开眼闭,只当不看见。

甲　不来是,下面还有一行字,如果你去报案当心你的狗头。

乙　心里吓了。

甲　吓是呒啥吓,怕总管怕的。

乙　一样的。

甲　我想公安局反正不晓得,不报告送还钱比较安全。于是我冒着风险将钞票放到石洞里,心中一块石头总算放下,只觉得浑身轻松。

乙　这有什么轻松?

甲　从今后,我干我的工作,你做你的小偷,大家眼开眼闭,和平共处。

乙　好极了,同小偷和平共处。

甲　唉!哪晓得和平共处了一星期,条子又来了:亲爱的,您好!

乙　搭你真亲热。

甲　(念立等可取)我四百元用完了,既然你是我的知心朋友,向你借二百元用用,怎样送钱和上次一样。

乙　当你后台老板了,快去报案。

甲　下面还有一行字——如果你去报案,当心你的狗头。

又

甲　唉!这张条子把我急出一身汗,这二百元钱化得阿要冤枉,算啥名堂。不过再仔细一想:嘿嘿嘿,我还搭着个便宜货。

乙　　啊？哪能搭着便宜货？

甲　　你想,我给二百元好保一条命,不给二百元丧脱一条命,二百元买一条命,便宜伐?

乙　　嗯! 便宜的。

甲　　不过我再一想,额角头上的汗又来了。

乙　　喂? 侬的汗哪能多来?

甲　　我怕老婆追问起来吃勿消,最后我决定还是去……

乙　　报告公安局。

甲　　去偷二百元。

乙　　啊! 你也去做小偷?

甲　　不! 我是说瞒仔老婆到大衣橱里去拿存折。

乙　　去偷老婆的钞票。

甲　　我领好钞票,放好存折,决定写张条子。

乙　　给家主婆?

甲　　小胡子。

乙　　给小胡子写啥条子?

甲　　亲爱的! 送上二百元,如果你够朋友的话,但愿这是最后一次,请你再也不要找我麻烦。

乙　　同小偷还这样客气?

甲　　哪晓得条子刚刚写好,只见走进来一个人,我急忙把条子塞进袋里……

乙　　你只当勿看见,来个眼开眼闭。

甲　　不来是。老婆已经看见我了。

乙　　你怕老婆。

甲　　快点帮帮忙。

乙　　哪能帮法?

甲　　你来做我格老婆。

乙　　想得出格。

甲　　装装样子,不然演不出去了。

乙　　(悟)喔! 格我要收收你的骨头呢! "喂! 哪能存折上少了二百元?"

甲　　嘻嘻嘻! 我想代你去买架彩色电视机。

乙　二百元钱好买彩电？

甲　喏！处理品。

乙　呒没图像的？

甲　对对！

乙　哼！出二百元去买呒没图象的电视机？我看你慌慌张张，胡言乱语，在动脑筋。

甲　不不！我不动脑筋。

乙　你刚刚啥物事塞到袋里？

甲　呒没啥，呒没啥！

乙　从（从甲袋里挖出来）（念条）"亲爱的送上二百元……"好！原来你瞒着我在外头轧女朋友（哭）

甲　我女朋友呒没乳……（拉乙）不要哭！

乙　不要你拉……你讲，一共塞给女朋友多少钞票？……啊……

甲　啊呀！我又不是给女朋友……

乙　那你给啥人？

甲　喏！我在公共汽车上看见一个贼骨头扒一位老太太的皮夹子，我闭紧眼乌珠，结果贼伯伯把钞票塞到我袋袋里。后来伊写条子搭我要票子，用完仔票子搭我借票子。我送票子写条子，因为贼伯伯称我亲爱的，我还敬伊亲爱的。我实在呒没女朋友。贼伯伯称我好朋友，我称贼伯伯女朋友。喔不不！贼伯伯女朋友，女朋友呒没贼伯伯。喔！不！贼伯伯女朋友的好朋友，我的女朋友贼伯伯……

乙　喂？你乱七八糟讲点啥物事？

甲　我一时说勿清爽。讲明以后，嘿嘿嘿！我老婆支持我二百元送给贼伯伯！

乙　啊？有格种事体？

甲　第二天，我把二百元钱放到洞口，想勿到小胡子将我一把揪住："喂！老朋友，你究竟要死要活？""我要活！""那好，以后每月将二百元钱放到这里……"

乙　你这是送上门去作死……

甲　我额角头上冷汗直冒。（急喊）救命啊！救命啊，你们不能眼开眼闭啊……

乙　　叫人家不要眼开眼闭。

甲　　想勿到公安人员一个包围,把小胡子捉牢!

乙　　公安人员哪能全晓得?

甲　　是家主婆瞒着我去报告的。

乙　　你应该谢谢侬老婆。

甲　　老婆向我白了一眼,我想眼睛闭牢只当不看见的!

乙　　嘿! 真是自讨苦吃哦!

(创作于 1990 年 7 月)

群口独角戏

# 打 假

陈永明　唐彦

甲　各位,你们知道吗,今天是什么日子?

众　今天?

甲　对,今天。

乙　我知道! 今天是 3 月 15 日。

甲　(对丙)请你说说看,今天是什么日子。

丙　今天是我十年前同我老婆第一次约会谈朋友的日子,记得那天约会的地点就是对面柳树底下,小桥旁边。

丁　唷,好一派诗情画意。喂,小动作做了没有,要老实交代!

丙　我、我……

丁　面孔别红,反正如今是你的老婆了。

甲　好了,别岔开,你说说今天是什么日子?

丁　阿是今天呀?

甲　对今天。

丁　(笑)嘻嘻,嘻嘻! 今天的日子是我最最开心的日子,我那心肝肉带了他的女朋友,就是我的宝贝肉要来家里了,你说我开心不开心?!（情不自禁唱起"心肝肉来宝贝肉"）

甲　刹车! 我问的今天是什么日子,应该同每家每户和大家都有搭界的呀!

众　同大家都搭界的……（众人面面相觑）

甲　回答不出? 好吧,我来告诉你们,今天是保护消费者权益日。阿是同大家搭界的?

众 搭界的,搭界的。

甲 最近,我小姨子就遇到了一桩伤透心的事。

众 介严重?

甲 为来为去为美容。

丙 爱美之心人皆有之嘛。

乙丁 是呀,作啥会伤透心?

甲 就是嘛,原因是她嫌单眼皮不漂亮去开双眼皮。

乙 开了没有?

甲 开了。

丙丁 一定蛮好看。

甲 好看了她不会伤心了。

众 那……

甲 双眼皮没开成,倒成了三眼皮,吊眼皮了。

丁 喔唷,难看死了。

乙 还走得出去啊!

甲 是啊!

丙 去告他呀!

甲 到啥地方去告?因为这诊所是私人开的,他拆了烂污早就溜走了,只好自认晦气!

乙 一点补救办法也没有?

甲 没有,如今我小姨子一天到晚戴了一副太阳墨镜,看到熟人不敢打招呼哩!

丁 成大侦探了。

乙 你小姨子成大侦探,我女儿害得也哭笑不得呀!

众 你女儿哪能啦?

乙 她不知在啥地方看到的广告,说用上"太美"牌染发精,可以获得满头的金发。

丙 你女儿想当金发女郎?

丁 出客了。

乙 她把染发精买回来以后,彻彻底底涂了两遍,等洗完了一看啊——

众　　一头金毛。

乙　　一头的绿毛!

丁　　成妖精了。

乙　　简直同河北梆子戏《钟馗嫁妹》中的小鬼差不多,不知几时被对门张阿姨的媳妇看见,吓得她晚上说梦话"打鬼、打鬼"哩!

众　　去告他呀!

乙　　我丈夫准备同这产品的厂家打官司,被我拦了下来。

众　　为啥?

乙　　我想别去现世了,譬如我生伊辰光我是一头绿毛呀!

甲　　你哪能可以这样呀?

丙　　消费者权益不要保护啦?

乙　　唉,自认倒霉吧。

众　　你呀……

丙　　我老婆也碰到一桩倒霉透顶的事。

众　　啥事?

丙　　阿毛晓得的,我老婆是季节性脱发,一到秋天,伊头发脱得像陈佩斯那样。

乙　　一根头发也没有?

丁　　像秋风扫落叶那样。

甲　　蛮厉害的。

丙　　一天,我看到一张广告上写着,只要你使用"太美"牌生发精,那头发可以噌噌往上长,就好比庄稼施了肥料那样。

众　　这么灵?

丙　　结果我买回家以后,我老婆一下子涂了大半瓶,等第二天早上我醒来一看时,真把我吓了一跳!

众　　什么?

丙　　我呆脱了,旁边哪能睡着一个老头?

众　　你老婆呢?

丙　　唉,原来我老婆头发没长出来,胡子倒长出来了!

丁　　噢,所以你把身边的老婆当成老头了。

丙　　你想惨不惨呀!

丁　　最惨的要算我家了。

众　　你家哪能?

丁　　这还是前几年的事了,当时我丈夫四十还不到。

众　　年富力强。

丁　　有一天,我路过人民桥,看到一则广告上写着:雄狮牌强力剂,专治男性身材单薄者,打一针可使你肌肉发达,胸脯丰厚,打三针可达到甲级健美运动员标准……

众　　有那么大的作用?

丁　　广告上写的呀。

众　　针打了没有?

丁　　打的。因为我丈夫身体实在单薄,如果打了雄狮牌强力剂,我丈夫一下子可以像甲级健身运动员那样了。运动员身体硬梆梆的,多神气呀! 所以这强力剂价钱最贵我也要买。

众　　对。

丁　　买回家以后,我丈夫一口气打了六针。

丙　　这六针打下去,要象国际健美运动员了。

甲乙　是呀,太美了!

丁　　(叹气)唉!

众　　哪能,没效果?

丁　　效果是有的,就是误差较大。

众　　啥误差?

丁　　肌肉长错了地方。前胸还是老样子,瘪塌塌的,一点没有变化,后脊梁倒鼓起了一个大包,而且大得吓人。

丙　　像电视剧刘罗锅那样?

丁　　比刘罗锅还结棍哩。

甲　　成残疾人啦。

众　　去告他呀!

丁　　算啦。

甲　　这哪能可以算啦,这是对消费者严重伤害嘛!

众　　是呀。

丁　　唉,当时法律意识淡薄,只怨自己轻信广告上的鬼话,只好自认倒霉了。

众　你呀……

甲　可如今消费者的法律意识大大提高了,尤其"消费者权益保护法"颁布以后,法律为我们消费者主持公道,再不用害怕了。

乙　是呀,这一次我遇到的事,腰杆子硬了。

众　遇到啥个事?

乙　上个星期天,我同女儿芳芳去一家皮鞋城买皮鞋,看到广告上写着,世界顶级精品皮鞋优惠大展销。

丙　啥叫顶级精品?

丁　这还不懂,顶级精品就是顶顶顶顶好的,比一级、特级还要好的……总之,好得两个哑巴困在一头罗?!

甲　好了,听伊说下去。

乙　我女儿看到广告牌上写的,眼睛顿时一亮,急忙奔到顶级精品皮鞋柜台上去了。

甲丙　小青年就是欢喜精品呀,名牌一类的。

丁　别讲你女儿了,我知道了也要奔过去的。

乙　这皮鞋看上去油光锃亮,确实好看。

众　哪个国家生产的?

乙　西班牙。

丙　我知道意大利的皮鞋好呀。

丁　法国皮鞋好。

乙　西班牙比意大利、法国还要好。

众　为啥?

乙　它用料特别。人家做皮鞋是牛屁股上一块皮,可西班牙用的料是牛的额角头上一块皮。

众　为什么?

乙　众所周知,西班牙出名的是斗牛比赛,舞蹈也有斗牛士舞。你想呀,牛与牛顶撞摩擦全靠牛的额角头,长期顶撞摩擦下来,额角头上那块皮既硬又韧,而且又牢又软,再加上他们做工讲究,当然成世界顶级精品了。

众　你哪能知道的?

乙　广告上写的呀。而且还是世界名模专用皮鞋哩,照片都登出来的。

丙　是世界名模专用皮鞋,你女儿肯定要买了。

众　是呀。(模仿模特走路)

乙　哪能不是呢,她羡慕死了。

众　多少钱一双。

乙　原价1980元。展销期间八折优惠,1584元。

众　太贵了。

乙　她准备结婚时候穿的。买回家以后,她老爸也要看看顶级精品皮鞋是什么样子,便叫女儿穿着试走几步,一、二、三,第四步还没跨出去,右脚的皮鞋跟"刮答"一声掉了啦,而且皮鞋后跟皮上还裂了一个小口子。

丁　顶级精品成顶级次品了。

丙　哪能办,自认倒霉了。

乙　这一次我不当洋葱头了。

众　哪能?

乙　退货!

众　退了没有?

乙　开始他们不肯退,我马上把情况反映到消费者协会,消费者协会帮我讨回了公道,听说这皮鞋城被我们工商管理部门查处了,因为这伙人是制假贩假的违法犯罪分子。

甲　是呀,对那些制假贩假的违法犯罪分子是该严厉打击!

丙丁　再不能让那些假冒伪劣产品继续坑害人。

甲　对,今后要是受到假冒伪劣产品的伤害时,我们毫不犹豫地用法律来维护自己的合法权益,同时向有关执法部门反映情况。

众　对。

甲　所以,为啥我们全市人民能够保证吃到合格的碘盐?

众　为啥?

甲　因为盐务局为我们管理好盐业市场秩序,私盐贩子不敢轻举妄动,所以老百姓能够吃到放心盐。

丁　原来这样。

甲　还有,我们在医药卫生,各种罐头食品,还有进出口货物等等产品方面为啥用户比较放心？

众　为啥？

甲　因为有技监局、商检局、卫生局等有关单位认真执法，严格把关，打假办经常重拳出击，让那些违法犯罪分子知道自己是——

众　（唱）我们是害虫，我们是害虫，还是赶快跑……

甲　哒，你们跑不掉啦！

（2003 年为《消费者权益保护法》宣传文艺专场而创作）

·上海说唱·

# 三岔口

### 陈永明　吕友良

［演唱者在乐队的伴奏声中精神抖擞地上。

（唱）祖国大地新气象，

　　　发展是又好又快大变样

　　　你看那，城市道路宽又广，

　　　交通便捷通四方。

　　　莺歌燕舞乐升平，

　　　车水马龙真闹猛。

　　　今朝我勿唱东来勿唱西，

　　　唱只唱——倡导文明交通的好风尚。

（表）　讲起文明交通，我们绝大多数市民应该讲都能够遵章守纪，安全出
　　　　行，可是，也有一些人驾车不讲文明，行走横穿马路，给城市交通带
　　　　来严重的安全隐患。就拿昨天在"三岔口"发生的一桩交通事故来
　　　　讲吧，由于四个当事人，平时不文明驾车，不文明行走，缺乏安全意
　　　　识，结果，给他们自己造成了严重伤害。下面我把这起车祸的前因
　　　　后果说给大家听听——

　　　（唱）第一个主角叫李阿苟，

　　　　　　为拉出租车生意急吼吼，

　　　　　　不顾安全抢道行，

　　　　　　人行道旁圈子兜，

　　　　　　突然一声急刹车，

　　　　　　　　吓坏了行人老两口。

李阿苟　（苏北方言）你们俩个人不想活了?

老　者　（常熟方言）我伲老夫妻蛮好在人行道上走,是你的车子冲过来
　　　　的呀。

李阿苟　你们不可以让一让?

老　者　叫我伲让到啥地方去? 你看,汽车的四个轮胎一半开到人行道上
　　　　了,我不在讲你,你倒还嘴巴凶来……

（表）　这时,执勤交警已经站在李阿苟的面前——

警　察　（普通话）同志,是你违章,按规定罚款并扣三分接受教训,要做一个
　　　　遵章守纪、文明驾车的驾驶员。

（表）　李阿苟还想强词夺理,被在场的群众你一句我一言,说得他灰溜溜
　　　　地驾车走了……
　　　　下面我要讲的第二个当事人——
　　　　（唱）她名三字叫范冰冰,
　　　　　　　花容玉貌水灵灵,
　　　　　　　范冰冰习惯驾车打手机,
　　　　　　　讲起话来没完没了没时辰。

（表）　说起这个范冰冰,不但与电影演员名字相同,而且在穿着打扮,甚至
　　　　发型、脸型方面也要模仿同伊一样。所以人家称伊范冰冰第二。今
　　　　朝范冰冰第二驾了一辆奥迪车出门了,车子一出小区门口,就从包
　　　　里掏出手机——

范冰冰　（苏州话）哎,斌斌,你还有几天回来? ……什么? 还要两天呀? 哎
　　　　呀,你走了三天,我好像过了三年……哎,你想我吗? ……（发嗲）我
　　　　不信,你说谎,说谎……我现在在路上同你通话,今朝休息,我去玲
　　　　玲家白相……哎,我告诉你,你不要在外头乱来呀! 对了,我唱首歌
　　　　你听听……什么意思? 你听了就明白……（对着手机唱起了邓丽君
　　　　的"路边的野花不能采"）

（表）　范冰冰第二一手打着手机,一手握着方向盘,朝着"三岔口"方向驶
　　　　去……接下来我要讲第三位是一位驾摩托的小青年,小青年名叫毛
　　　　豆洁,同他本人的名字那样:毛手毛脚,逗五逗六,急急忙忙。而且
　　　　毛豆洁还有个不好的习惯,遇上红灯,虽然车子停下来了,可他不是

停在停车线内,而总是停到斑马线上,还没等绿灯亮起,他就超前三五秒钟就向前冲刺了。还经常作为经验得意地对人讲,这叫"超前行动",(朝台下)观众朋友,这种"朝前行动",你们可千万别学,学了容易出事故的呀!今天,毛豆洁驾起了新买来的进口摩托"飞毛腿",从家里一路过来——(学摩托车发动声)"吧、吧、呜、呜——"

(唱)驾起新车乐滋滋,

　　　心里开心口哨吹,

　　　约好了几个哥儿们,

　　　一起玩牌"斗地主!"

　　　昨天那宰得我血淋淋,

　　　今朝我一吃三让那统统输。

(表)　他一边驾着摩托,一边吹起口哨,一边盘算着反本,也朝着"三岔口"方向驶去……第四个事故当事人,是从安徽来这里打工的中年妇女——郑巧巧,你看她——

(唱)匆匆忙忙朝前奔,

　　　三步并作两步行。

　　　红灯绿灯全不顾,

　　　一心去雇主那里做家政。

(表)　雇主家就住在马路对面——"三岔口"小区内。平时郑巧巧过马路从来不看红灯绿灯的,有时车子迎面开过来,只有汽车让她,她从来不让车子的,所以,她错误地认为:车子从来不敢来撞我的,它会让我的。嗨,今朝偏偏车子不让你了!这时候李阿苟驾的出租车,范冰冰第二驾的奥迪车和毛豆洁驾的"飞毛腿",一起来到了"三岔口"。开出租车的李阿苟,急吼吼超车抢道;范冰冰第二,正在打着手机同热恋中的男朋友发嗲劲,毛豆洁这个辰光准备"超前行动","阿巧哩爷碰着阿巧哩娘"四个人碰在一起了。只听得"呼嘭""咣啷啷""逢"……"啊唷哇""姆妈呀""爹爹"……"哎呀痛煞我了"……撞车声、叫声、哭声交织在一起。过路的群众急忙打110,把四个人送到医院抢救。经调查,四个人都是这起车祸的肇事者。虽然四个人都脱离了生命危险,可开出租车的一条腿骨折了;毛豆洁一条手臂断掉了;郑巧巧一只耳朵没有了;哭的最伤心的要算是范冰冰第二,她的鼻子换了个方向,不在正中,而移到左半边脸上去了再也回不去了。原来范冰冰第二是个塌鼻梁,为了美观,她二次去广州做了隆鼻手术,是只人造鼻子,哪能经得起撞击的呀!"碰"鼻子撞到方向盘上变道了。对于特别追求漂亮的范冰冰第二来说,哪能受得了呀?所以,这场车祸,再次提醒人们——

(唱)车祸似猛虎,千万别马虎。

　　　轻则皮肉破,重则命呜呼。

　　　《道路交通法》,牢记在心窝。

　　　为了你自己,为了你父母;

　　　为了你孩子,为了你老婆。

(夹白)人人都要从自己做起,文明驾车,文明停车,文明行走,礼让三先。

(接唱)做一个遵章守纪得好榜样,

　　　让花园城市展现出更美蓝图。


（作品获2011年苏州市群众文艺大会演暨新人新作比赛一等奖）

相声

# 灵堂断案

乙　我说最近你在忙什么呢？

甲　啊呀,最近我忙啊!

乙　忙什么?

甲　说来我也是好肉上贴像皮胶——

乙　什么意思?

甲　自找苦吃。

乙　噢。

甲　说来我也是当了一回太平洋上的警察——

乙　什么意思?

甲　管得宽啊。

乙　噢。

甲　说来我也是……

乙　好了,好了,我说你说话怎么老打弯啊? 干脆直说不就得了吗?

甲　好,那我告诉你吧,最近我在搞业余调解工作。

乙　所以啊,说话打什么弯呢? 不就是业余调解员吗?

甲　你知道做一个调解员是多么不简单啊,它要求第一,要有良好的思想素养和道德品质;第二,要有较好的文化修养;第三,要有能言善辩的语言能力;第四,还要有足够的耐心。所以这项工作的确是用筷子穿针眼——

乙　啥意思。

甲　难啊!

乙　我看你也真是西瓜皮钉鞋掌——

甲　什么意思?

乙　料子太嫩! 你知道人家管我叫什么吗?

甲　叫什么?

乙　人家都管我叫老调。

甲　哦,原来你是老调啊,怪不得你是一脸的调皮相。

乙　什么话,人家管我叫老调,是因为我做调解工作的资格老。

甲　讲了半天,原来你是一位老资格的调解员,我真是有眼不识泰山,失敬,失敬!

乙　没关系,年纪轻,冒冒失失是免不了的。

甲　机会难得,我想将这次我邻居的那桩调解案向您请教、请教,你看怎么样?

乙　嗯——,好,你就说给我听听吧。

甲　事情是这样的,我邻居的那位徐老太太不幸死了。

乙　这样的事情,你先要搞清老太太是自杀还是他杀。

甲　这倒也符合自然规律,老太太享年九十高龄。

乙　照你这么说,老太太的死不是很正常吗? 那还去调解什么呢?

甲　事情来了,老太太的三个孙子一个也不愿将灵堂设在自己家里的。

乙　那把老太太直接送火葬场不就得了吗?

甲　不行啊,老调,我们那里有规矩,人死了,一定要设灵堂,搁上三天,这一方面是习俗,另一方面也表示对死者的哀悼。

乙　就这件事?

甲　是啊。

乙　我说这么简单的事情,你都调解不清,你还当什么调解员呢?

甲　那你行?

乙　当然喽。

甲　好,那我做老太太的三个孙子,你做调解员,我们来试试怎么样?

乙　好吧,今天我就发扬一下传、帮、带的传统,让你见识见识,开开眼界。

甲　(在原地转一圈,嬉皮笑脸地)我来了。

乙　(厉声地)站好了! 喂,我说你是老太太的什么人?

甲　我是老太太的大孙子。

乙　（一本正经地）哦,大孙子。你对老太太的死有什么想法?

甲　我是十二万分的悲伤啊。

乙　我说有你这样悲伤的吗? 我看你一点也不悲伤,倒是自得其乐。

甲　（脸转怒）有你这样说的吗? 我看你是撑饱了没事做还是怎么的?

乙　废话少说,我说你到底愿意不愿意把灵堂设在你家里?

甲　去你的吧! 我说你是老几啊? 你是我家的祖宗还是怎么的? 轮得到你来对我发号施令!

乙　不和你噜苏,既然你不愿意那就算了。

甲　莫名其妙! （下）

乙　这人我看太没良心了,一点孝心都没有。（向内高喊）老二、老二呢?

甲　（一副女色打扮,复上）老二在。

乙　（用怀疑的眼光）你是老二?

甲　（学女声）是啊。哎唷,我说是谁呢? 原来是老调啊,嘻嘻……

乙　你是谁?

甲　（嗲声嗲气）哎唷——,我说老调,你怎么这么健忘,是不是得了叫什么"健忘症"啊? 我么,就是老太太的二孙子的媳妇。

乙　喔,你丈夫呢?

甲　我丈夫? 嘻嘻,他不在家,出差去了。

乙　那好,就找你谈谈吧。

甲　（似惊讶地）找我谈谈,老调,你找我谈谈,谈什么呀?

乙　关于你们老太太的灵堂设置问题。

甲　（伤心地）老调,不提这事还罢,提起老太太的死我真正伤心透了,你想想,老太太死得实在太可惜了。

乙　这话怎么说?

甲　你想想,老太太不就九十岁嘛,我家孩子还只有十岁呢?

乙　这和你孩子有什么相干呢?

甲　老太太不就大我孩子八十岁吗? 你想想,我一上班,孩子以后谁照应?

乙　为了这事所以你悲伤?

甲　老太太死得太年轻了,再让她活上二十年、三十年也不算年纪大啊,还可以为社会、为家庭多做贡献呀,这损失实在太大了。所以我是越想越悲伤,越说越想哭。（哭腔）喔唷,我的祖母呀……

乙　看不出她倒是有点孝心的。不过,你现在应当化悲痛为力量,踏着她的足迹走,现在请你别哭了。

甲　请你别打扰我,我已经进入感情了,让我再哭一会吧。(继续哭)喔唷——,我的祖母呀……

乙　(高声)别哭了!

甲　(止住哭声)

乙　你知道我今天来干什么吗?

甲　干什么? 我知道,你不是说想找我谈谈吗? 你知道我丈夫不在家,想乘虚而入,你缺德!

乙　去! 你当我什么人? 我今天来是为你们调解的,我问你,如果老太太的灵堂设在你家里,你有什么想法吗?

甲　这个么……

乙　表个态。

甲　(可怜兮兮地)本来嘛,我是想把老太太的灵堂设在我们家的……

乙　那好,就这么定了,灵堂设在你家里,还是你爽快。

甲　可是……

乙　嗯,还有可是?

甲　事情就这么不巧,我丈夫出差不在家,我一个女人家怎么能操办这种事呢? (拉住乙的手,嗲气地)老调,既然你来了,就请你做个主吧。

乙　(一本正经)放正经点。(旁白)这倒也是个问题,不过老太太的灵堂应该设在哪家呢?

甲　(脱口而出)我看,你去问问老三,他家里倒还是可以的。

乙　那好吧,我找老三谈谈。

甲　真对不起,那我走了,拜拜——(下)

乙　这女人的嘴皮倒是蛮圆滑的,不过,她丈夫不在家,像这种事情,一个女人家确实很难操办,看来我得跟老三好好说说。

甲　(穿着花衬衫上)哎呀! 老调,你找我?

乙　你就是小孙子?

甲　什么小孙子,想占我便宜?

乙　不,不,是我说错了。(打官腔)我说老太太的小孙子,你们老太太死了,关于这个灵堂问题,你看应该设在哪里呢?

甲　这个我没想。

乙　怎么能不想呢？我说老三啊,这死人的灵堂是要设置的。俗话说得好:"借丧不借喜"嘛。何况,这个,这个……啊,你是老太太的小孙子么,我看还是设在你家里吧。

甲　什么"借丧不借喜"的？那我就发扬一下共产主义风格,这丧事借给你,让你吉利、吉利,怎么样？

乙　什么话？我是来给你们调解的,都如你说的,那我家不成了死人集中营了吗？

甲　别见怪,我是和你开玩笑的。不过,我们家刚铺了水泥地,不能放。

乙　这是理由吗？

甲　老调哎,俗话说得好"清官难断家务事",我看你还是别管为好！

乙　怎么能不管呢？照你这么说,老太太的灵堂就不设置啦？

甲　这是我们家里的事！

乙　不管怎么说,这次你们家的调解工作我是做定了。

甲　非做不可？

乙　非做不可！

甲　那好,你去做吧,我还有事情要忙,再见了！（下）

乙　喂……别走啊,你这是什么意思？这不是明摆着对我老调不尊重吗？我老调做了几十年的调解工作,有你们这样待人的吗？

甲　（复上）好,得了,得了,你也别说了。

乙　你给评评理,这种事情,有他们家这样的吗？真是冰冻豆腐。

甲　什么意思？

乙　难拌（办）！

甲　我看你是西瓜皮钉鞋掌——不是个料。

乙　（醒悟）你这是以牙还牙。

甲　明知自己不会做调解工作,还要鼻子上插葱。

乙　我是明知艰险越向前么。

甲　（教训）做人应该谦虚,好学,像你这样不懂装懂,事情能办成吗？

乙　（尴尬地）不是我不谦虚,主要是人老了,弦（言）也调不正了。

甲　像这种事情,最主要的还是要寻根问源,研究他们为什么不肯将老太太的灵堂设在家里的原因。

乙　那你研究了吗?

甲　当然喽!

乙　什么原因?

甲　这首先还得解决他们的思想问题。懂吗?

乙　那说来听听,你是怎么调解的。

甲　我对他们说,我是来给你们调解的,当然,你们要把老太太的丧事办到我家里这也没什么不可以,不过这样,难道你们就不怕受到亲友的辱骂和社会的谴责吗? 在我们社会主义的大家庭里,敬老爱小是我们民族的美德,赡养老人是每个公民的义务。你们有没有听说古代的二十四孝——"孟宗哭竹求笋尽孝心"、"王祥卧冰觅鱼医母病"……这都是我们民族的骄傲。现在你们老太太倒下了,你们怎能一个个都袖手旁观、若无其事? 你们想想,这样你们的父母在故土之下怎能安宁? 老太太在九泉之下又怎能瞑目呢?

乙　说得太好了!

甲　我越说越气愤,越说越激动,泪水也一个劲地"唰、唰、唰"地往下直流。

乙　这叫情不自禁。

甲　他们弟兄三人一下子被我的言语深深打动了。老大说,你讲得有道理,今天你说吧,我们全听你的安排。

乙　事情好办了。

甲　不好办!

乙　怎么又不好办了?

甲　你想想,他们弟兄有三人,现在都抢着要放呀。

乙　我看放在老大家最合适。

甲　可老二不同意呀。

乙　怎么不同意?

甲　老二媳妇说,老太太生前对我们家孩子照料不少,这灵堂应该放在我们家里。孩子虽然看到死人害怕,不免会哭哭叫叫,不过,这也是一次机会,也好让他锻炼自己。再说,孩子的哭叫也可使灵堂增加一点气氛。

乙　咳,还真有她的,那就放在老二家吧。

甲　老三不同意啊。

乙　怎么也有意见啊？

甲　老三说，平时我工作在外，对老太太很少照顾，现在老太太离我们而去，请你批准，就把灵堂设在我家里，也算是我尽一份孝心吧。再说，我家的水泥地刚铺好，人多踩了也能够结实点。

乙　咳，有意思。

甲　弟兄三人你一言我一语，是各不相让。

乙　那这样老太太的灵堂不是又没法落实了吗？

甲　有办法！你想想，如果这点办法都没有，我还能做调解员吗？

乙　什么办法？

甲　我让他们抽签。

乙　咳，还真有你的！

（创作于 1991 年 5 月）

**表演唱**

# 爱满娄城

[四大嫂在欢快的音乐声中边歌边舞上。

齐　（唱）月儿弯弯挂树梢，

　　　　　电视栏目刚看好。

　　（白）赵大嫂、钱大嫂、孙大嫂、李大嫂——

　　　　　赵、钱、孙、李四大嫂，

　　（唱）四位大嫂凑一起，

　　　　　麻将不打牌不瞧，

　　　　　不说长来不说短，

　　　　　不比发财数钞票。

　　　　　夸夸栏目"连心桥"，

　　　　　为民解困来搭桥。

赵　　我说姐妹们，你们可知道电视栏目"连心桥"吗？

众　　知道！

钱　　那是纪检监察部门服务基层群众，优化和谐稳定的民生栏目。

孙　　是了解我们老百姓民意的栏目。

李　　是为我们老百姓排忧解难的栏目。

赵　　你们都知道？

众　　我们还知道，它是贯彻市委、市政府决策，优化政令畅通、勤廉高效的
　　　服务栏目。

赵　　瞧你们，知道的还真不少哩。

众　　那当然，我们都是"连心桥"的解困受益者！

赵　那好,你们都说说解的什么困,受了什么益?

众　(争先恐后)我先说,我先说……

赵　都别争了,我是召集人,还是我先说吧。

众　倒也不客气。

赵　各位姐妹你们听好——

　　(唱)说起栏目"连心桥",

　　　　　心里翻腾起波涛。

　　　　　以前环境脏乱差,

　　　　　违法养殖难协调。

　　　　　垃圾猪肆虐到处窜,

　　　　　臭气熏天真难熬。

　　　　　每当端起饭碗来,

　　　　　直想呕吐胃口饱。

众　(呕吐状)呕——,这种日子怎么熬?

赵　(接唱)"连心桥"倾听百姓的呼声,

　　　　　了解民意勤报道,

　　　　　协调部门共参与,

　　　　　打压违法养殖不轻饶。

众　那现在呢?

赵　(接唱)现在是不见了零乱养殖棚,

　　　　　空气清新花香飘,

　　　　　绿树成荫河水清,

　　　　　环境优美哈哈笑。

众　好、好、好,妙、妙、妙! 环境优美哈哈笑。

钱　赵大嫂,说的真正好。接下来我来讲讲我儿子钱宝宝。

众　哈哈哈,要么是蚕宝宝哦。

钱　你们就别笑话了。我家儿子现在还躺在床上呢。

众　他怎么了?

钱　唉——

　　(唱)我家住在南门街,

　　　　　景色迷人四季春。

可一到晚上别样景，

马路上，黑灯瞎火愁煞人。

众　（白）这是怎么回事？

钱　（接唱）线路老化灯稀疏，

常年失修少问津。

那一天，我儿夜班往家赶，

看不见前面是阴井，

可怜他，连人带车掉深渊，

腰腿骨折差点送性命。

众　（白）啊唷哇，那怎么得了，人命关天啊！

钱　（接唱）"连心桥"督促部门解民困，

整体改造换上新的电灯泡。

众　（白）现在怎么样了？

钱　（接唱）现在是，夜晚如白昼，

针线落地也能一眼瞧。

还有那，霓虹灯眨巴眨巴不停地闪烁，

映衬的小区更艳娇。

（白）姐妹们，你们说，"连心桥"是不是为我们居民做了一件大好事？

众　大好事，大好事！绝对呱呱叫！

孙　各位姐妹，接下来是否应该轮到我来作报告？

众　喔唷嗲煞了，还作报告了，那你说啊——

孙　好，你们听了——

（唱）夸夸栏目"连心桥"，

连接百姓架彩虹。

公交车穿梭城乡站点多，

方便出行乐融融。

七十岁老人全免费呀，

觉得寂寞可以坐车去兜风。

众　喔唷，真的太方便了。

钱　明天我也要去兜兜风。

赵　你还小，不够资格哩。

众　　哈,哈,哈……

孙　　（接唱）校车乘运保安全,

　　　　　　　　严格把关事故控。

　　　　　　　　配备崭新放心车,

　　　　　　　　承载未来建设的孩童。

　　　　　　　　如今我不再骑着破三轮,

　　　　　　　　风里雨里将孙儿送。

　　　　　　　　蓬嚓蓬嚓看看报,

　　　　　　　　早上八点还在美梦中。

众　　哈、哈、哈——神仙过的日子真舒服。李大嫂,接下来该你说——

李　　我是新太仓人,和你们的感受不一样。

赵　　李大嫂,太仓人不管新老一家亲,有啥说啥别客套。

众　　对,有啥说啥别客套。

李　　噢——

　　　　（唱）说起栏目"连心桥",

　　　　　　　　我感激涕零难言表。

　　　　　　　　想当初孙儿得了白血病,

　　　　　　　　刚来太仓又收入少,

　　　　　　　　无钱无门难医治,

　　　　　　　　雪上加霜急得双脚跳。

众　　乖乖,真够惨的!

李　　（唱）"连心桥"热心解愁苦,

　　　　　　　　爱满娄城来报道,

　　　　　　　　呼唤爱心捐善款,

　　　　　　　　播撒真情阴霾扫。

　　　　　　　　宝贝孙儿得施救,

　　　　　　　　你们说大恩大德何以报?

众　　太感动,太感动,雪中送炭齐称颂!

赵　　（领唱）连心桥、桥连心,

　　　　　　　　　春风化雨暖民心。

众　　（合）春风化雨暖呀暖民心。

赵　　(唱)忠诚卫士纠歪风,
　　　　　　取信于民风气正。
　　　　　　听民音、解民困,
　　　　　　勤廉服务为人民。

众　　(唱)勤廉服务为人民呀,
　　　　　　你们是群众的贴心人。

赵　　李大嫂,现在你家孙子可好呀?

李　　现在还在医院,不久就要出院了。

钱　　姐妹们,我提议,乘着月色,我们一起去看看李阿姨的宝贝孙子,怎
　　　么样?

众　　好,我们一起去。

孙　　哎,姐妹们,那边来了一辆"的士",我们打的去吧——

众　　好——
　　　(唱)满天星星月牙挂,
　　　　　　结伴同行看娇娃。
　　　　　　勤廉新风人齐夸,
　　　　　　娄城开满幸福花。
　　　[众人在音乐声中下。

（2013 年为中共太仓市纪委勤廉文艺专场而作）

**女声表演唱**

# 读报知未来

　　［四大嫂手捧《太仓报》边歌边舞上。

众　　（齐唱）红日当头照，

　　　　　　　清风大地飘，

　　　　　　　娄城四大嫂，

　　　　　　　通读太仓报，

　　　　　　　头版第一条，

　　　　　　　醒目来报道。

　　　　（白）开创率先基本实现现代化新局面。

　　　　（接唱）看得我们扬眉毛，

　　　　　　　　看得我们哈哈笑。

甲　　（唱）你们看——

　　　　　　市委领导出高招，

　　　　　　科学谋划真叫妙，

　　　　　　制定未来战略目标。

　　　　（板）要坚持——

　　　　　　创新引领，

　　　　　　以港强市，

　　　　　　接轨上海，

　　　　　　城乡一体，

　　　　　　可持续发展的战略。

乙　　（唱）你们看——

　　　　　　市委书记作强调，

　　　　　　锐意创新务实效，

　　　　　　新的起点与时间赛跑。

　　　（板）要坚持——

　　　　　　率先发展，

　　　　　　争先发展，

　　　　　　协调发展，

　　　　　　和谐发展，

　　　　　　科学发展的主题。

众　　（齐唱）哎哟哟，伊哎哟，

　　　　　　　"十二五"蓝图架金桥，

　　　　　　　新的征程吹号角。

丙丁　　（唱）你们看——

　　　　　　方向明确早知道，

　　　　　　六大举措起步高，

　　　　　　铸造"十二五"新辉煌。

丙　　（板）有效投入，

　　　　　　夯实基础。

　　　　　　转型升级，

　　　　　　增强后劲。

　　　　　　港口繁荣，

　　　　　　发展经济。

丁　　（板）城市建设，

　　　　　　提升品位，

　　　　　　农村工作，

　　　　　　加快推进，

　　　　　　社会建设，

　　　　　　和谐稳定。

众　　（板）把太仓建设成——

　　　　　　经济发达，

　　　　　　文化繁荣，

环境优美，

社会和谐，

人民幸福的金太仓。

(齐唱)哎哟哟，伊哎哟，

"十二五"蓝图架金桥，

新的征程吹号角。

甲　(唱)发展新农业，

乙　(唱)建设新城市，

丙　(唱)集聚新人才，

丁　(唱)实现新跨越。

众　(唱)率先基本实现现代化，

幸福指数节节高。

(齐唱)红日当头照，

清风大地飘。

娄城四大嫂，

通读太仓报。

党代会精神指方向，

"十二五"规划展新貌。

率先基本实现现代化，

人民幸福哈哈笑，哈哈笑。

(2011 年太仓市春节团拜会专题节目)

**戏曲表演唱**

# 城管人是我们的"城管家"

［在欢快的音乐声中,一群男女兴高采烈上。

（领唱）石榴吐珠(唷)丹桂香,

娄城旖旎(唷)相辉映。

（合唱）宜居城市繁华景,

"城管"人默默奉献是榜样。

（独唱）你们看,城市整洁道宽广,

是你们用汗水把娄城来擦亮。

精细保洁清运忙,

环卫人提升了城市新形象。

（独唱）市政管理迎难上,

基础设施精心来提档。

浓墨重彩工程出精品,

市民满意笑脸荡漾。

（独唱）你们看,夜幕降临更加美,

霓虹灯眨巴眨巴闪光芒,

分明是绚丽多彩不夜城,

城管人精致呵护把娄城来点亮。

（独唱）数字城管上台阶,

"大城管"意识来增强,

城市管理快速协调全覆盖,

"智慧太仓"显力量。

（独唱）规范化执法讲文明，

基层执法星级标准红满堂。

全方位整治纠违章，

城管人常常忍气吞声吃冤枉。

物业管理信息平台紧跟上，

助推文明和谐新天堂。

（合唱）石榴吐珠（唷）丹桂香，

娄城旖旎（唷）相辉映。

城管人是我们的"城管家"，

共创美丽太仓新城乡。

（于 2013 年为城管局文艺专场特作）

**情景说唱**

# 改革开放天地宽

人物:甲——港口代表

　　乙——德资企业代表

　　丙——民营企业代表

　　丁——新农村建设代表

　　十二名小学生

　　[在欢快的少儿歌曲《找呀找》的乐曲声中,十二名小学生手持鲜花边歌边舞。

学生　(齐唱)啦呀啦,啦呀啦,

　　　　　　　春风浩荡绿神州,

　　　　　　　娄东大地齐欢呼,

　　　　　　　改革开放天地宽。

　　　　　　　哈,哈,哈……

　　　　[甲、丙喜气洋洋上,丁从舞台的另一侧兴高采烈上。

　　　　[十二名学生呈"八"字形排开,口呼:欢迎,欢迎! 欢迎大家参观改革开放成果展!

甲　　我是太仓港口的开拓者。

丙　　我是民营经济璜泾加弹行业的创业者。

丁　　我来自太星村,新农村的建设者。

　　　[乙内喊:冲。冲上。

乙　　等一等,还有我……

众　　你是……?

214

乙　　我来自遥远的莱茵河畔——德国,是你们中国·太仓改革开放的投
　　　　资者。

众　　(和乙热情握手)哦,欢迎欢迎!

众学生　三十年春夏与秋冬,太仓走向更辉煌,

　　　　　[众学生变换队形,展出"以港兴市"的字样。

　　　　　[音乐起。

甲　　"以港兴市"是太仓市委、市政府提出的发展战略,短短几年,太仓港已
　　　　经从喂给港跃升为重要的支线港,集装箱吞吐量突破了100万标箱。
　　　　一座崭新的现代化港口、吞吐量超亿吨的江苏第一外贸大港正在长三
　　　　角经济区崛起。

众　　(唱:《外婆的澎湖湾》的曲调)

　　　　　　　今天的太仓港呀,

　　　　　　　一片繁华景象,

　　　　　　　"T"形码头似巨龙卧波

　　　　　　　伸向远方,

　　　　　　　大型岸吊铁臂轻舒,

　　　　　　　集装箱堆如山,

　　　　　　　物流企业迅猛发展

　　　　　　　似虎踞龙盘,

　　　　　　　通四海,连大洋,

　　　　　　　以港兴市推动齐发展,

　　　　　　　东方大港不是梦想,

　　　　　　　连接下关、釜山

　　　　　　　世界各大港,

　　　　　　　美好前景在召唤。

乙丙丁　(翘大拇指)OK! 太仓港发展了不起!

　　　　　[学生变换组合队形,手持德国等国家的小旗。

乙　　太仓的发展也离不开我们外资企业的投资,我想考考大家,我们德资
　　　　企业最早是哪一年落户太仓的?

众学生　(抢答)一九九三年。

乙　　你们都知道?

学生　这有什么,我们还知道你们德资企业落户太仓的第一家公司是克
　　　恩——里伯斯公司。

学生　是一家闻名全球的弹簧企业。

乙　　是啊,时光飞逝,现在我们德资企业落户太仓已突破了100家,成了名
　　　副其实的德企之乡。

甲丙丁　请问,是什么如此吸引你们德企都来到我们太仓投资?

乙　　那多了,主要的是你们太仓人好、地好、环境好!

众　　(唱:《外面的世界很精彩》的曲调)

　　　　　　这里的世界很精彩,

　　　　　　这里的世界充满爱,

　　　　　　当我踏上这片沸腾的热土地,

　　　　　　我就默默地衷心祝福你,

　　　　　　每当看到你成功的时候,

　　　　　　我总会在心中喝彩你,

　　　　　　不管我身在何方,

　　　　　　我永远依恋你,太仓。

　　　[众鼓掌。

乙　　太仓是我们投资者的乐园,未来将会看到更多的德国企业来太仓
　　　投资。

　　　[众学生变换队形。

丙　　现在,请大家参观我们民营经济的发展成果吧。在太仓市、市政府的
　　　正确引领下,积极推进民营经济倍增计划,规模和质量不断提升,民营
　　　经济已成为支撑太仓经济发展的"半壁江山"。

甲　　从乡镇企业村村点火、户户冒烟的粗放型经营,

丁　　到今天的规模化、集约化、国际化。

丙　　就以我们璜泾加弹业来说,短短几年已发展到了1200多台加弹纺机,
　　　年产出超200亿元,已经成功打造出世界第一化纤加弹产业集群,"中
　　　国加弹第一镇"。

甲

乙　　了不起!

丁

众　（唱:《小城故事多》的曲调）

　　　　创业故事多,

　　　　充满喜和乐,

　　　　若是你到璜泾来,

　　　　收获会特别多,

　　　　加弹业,"新丝路",

　　　　千丝万缕美景织,

　　　　民营经济展翅飞,

　　　　描天绣地有气魄。

〔众学生变换队形,象征绿树花草,抽象的农村景象。

丁　改革开放硕果累累,太仓城乡日新月异,接下来请大家参观新农村建设,我们太星村翻天覆地的变化吧。

众　绿树荫荫,花红草绿,别墅气派优雅,羡慕!

丁　近年来,我们按照新农村建设的要求,大力发展村级经济,组建了村股份合作社和土地股份合作社,用城市的标准建设农村,实现了"净化"、"亮化"、"绿化"和"美化",你们看,农业生态园,为民服务站、超市、农产品收购站、多功能文体活动中心、敬老院,还有安息堂,应有尽有,绿色太星,环保太星,村民的口袋富了,脑袋也富了,生活宽裕了,乡风更文明了。

众　（唱:《南泥湾》的曲调）

　　　　如今的新农村,

　　　　风光真迷人,真(呀)迷人,

　　　　硕果满枝头,

　　　　绿树映高楼,映高楼,

　　　　小有教,老有养,

　　　　管理民主好风尚,

　　　　高效农业生态美,

　　　　文明之花遍地开。

〔众鼓掌。

甲　港口发展起宏图。

乙　新区建设奏凯歌,

丙　　民营经济创辉煌，

丁　　新农村建设捧硕果。

　　　〔众学生伴舞。

众　　（唱：《沿着社会主义大道奔前方》的曲调）

　　　　　春雨流着甜蜜（唷，嗨）

　　　　　滋润着娄东大地（唷）

　　　　　改革开放呀，

　　　　　改革开放天呀天地宽，

　　　　　朝着科学发展的大道，

　　　　　向前闯哎，

　　　　　哎嗨唷，哎嗨唷……

　　　　　今日风调雨顺金太仓，

　　　　　明天一定更辉煌，更辉煌！


（此作特为纪念改革开放三十周年暨太仓撤县建市十五周年大型文艺专场而创）

**情景说唱**

# 豪情税月

人物　甲乙丙丁(二男二女,能歌)

　　　十二名地税女青年(善舞)

　　　[在欢快的《太阳岛上》的乐曲声中,甲和十二名税务女青年边歌边

　　　舞上。

(齐唱)明媚的夏日里天空多么晴朗,

　　　美丽的太仓港多么令人神往,

　　　踏着时代的鼓点,

　　　怀着美好的理想,

　　　我们来到了太仓港口,

　　　我们来到了太仓港口。

　　　[音乐延续

甲　　(向内喊)兄弟姐妹们,你们快点呀。

乙丙丁　来喽——(兴高采烈上)

甲　　我说你们平时办事利落,今天怎么磨磨蹭蹭的?

乙　　我们在领略太仓港的气派。

丙　　我们在感受太仓港的建设。

丁　　我们在思考,地税人如何为太仓港发展出力量。

甲　　好! 那你们说:我们地税人如何为太仓港发展出力量?

乙丙丁　(抢答)我先说,我先说……

甲　　别急,一个一个来,(指乙)你先说。

乙　　好,我先说。依我看,我们地税人支持太仓港建设最有力的就是要强

化税源管理,落实征管措施,提高税种管理水平。足额收税,以效率支持太仓港的建设。

众　　嗯,在理!

乙　　(唱《大中国》曲调)

　　　　振兴太仓港呀,

　　　　是我们的心愿,

　　　　强化(那个)征管,

　　　　那个不辱使命,

　　　　依法(那个)治税,谱(呀)新篇,

　　　　要让太仓港明天更呀更美丽。

众　　(鼓掌)好!

丙　　支持太仓港建设,除了加强税收管理,我们还要注重人性化管理,把小事做细,把细事做透。优化纳税服务,以诚信构筑和谐。我想考考大家,作为地税人,你们对我们推出的纳税服务都清楚吗?

众　　那多了——

伴舞1:我们推出了12366纳税服务热线。

伴舞2:推行纳税申报"一窗式"管理。

伴舞3:办税事项"一站式"服务。

伴舞4:在各办税大厅创立"电子申报自助区"。

伴舞5:我们还开设了"农家税苑",为农民答疑解惑。

伴舞6:还有,我们通过……

丙　　好了,好了,服务的项目多着呢,一时半会说不完。原来你们都知道啊?

众　　那当然,我们都是新时代的地税人!

丙　　是啊

　　　(唱《万水千山总是情》曲调)

　　　　送一张笑脸问声好,

　　　　让个座,倒杯茶,

　　　　荡漾友爱的怀抱,

　　　　纳税人是服务的上帝,

　　　　阳光税务总是情,

　　　　文明办税"八公开",

　　　　化坚冰暖人心,

　　　　但求得你我共朝晖,

　　　　但求得你我共朝晖。

甲　　说得好,建立为纳税人服务体系,为纳税人排忧解难是我们地税人应
　　　尽的职责。

丁　　依我看,我们在加强税务管理,优化税收服务的同时,还要通过信息化
　　　建设来提高我们的办事效率,更好地为纳税人服务。

甲乙丙　能否说具体点?

丁　　具体地说,信息化建设就是走科技兴税之路,推进税收电子化进程,实
　　　行网上电子申报……

伴舞1:纳税人只要发一个短信,一分钟就可得到申报、缴库和税收政策。

伴舞2:向科技"借景",推行网上办税 CA 认证,申报推广面100%。

伴舞3:网上购领发票、网上打印税票、网上报送减免税申请等。

丁　　真正实现无纸化申报,纳税人足不出户就可轻松办税。

甲乙丙　哇,这么便捷!

丁　　(唱《天路》曲调)

　　　　上岗我面对无垠的世界,

　　　　看那快速传递的流程,

　　　　一张张税票映入眼帘,

　　　　向科技"借景"轻松办税,

　　　　那是一条神奇的天路哎,

　　　　在我们中间架起桥梁,

　　　　从此不再受资料多的困扰,

　　　　神奇的网络通向四方,

　　　　神奇的网络通向四方。

众　　(拍手)太神奇了!

甲　　税收管理也好,纳税服务、信息化建设也好,最关键的还是离不开
　　　一样。

众　　什么?

甲　　那就是人,我们的队伍建设!

众　　对,万事人创造。

甲　　火车跑得快,全靠车头带。内聚人心,外塑形象,一流班子带出一流队
　　　伍,一流队伍创造一流业绩。

　　　(唱《亚洲雄风》曲调)

　　　　　我们的队伍,风雅气宇轩,

　　　　　我们的队伍,睿智多英豪,

　　　　　我们的队伍,敬业绩辉煌,

　　　　　我们的队伍,廉洁讲奉献。

　　　　　文化滋人心,和谐见风流,

　　　　　开拓求发展,蓬勃向上斗志昂。

　　　　　啦——蓬勃向上斗志昂。

丁　　豪情税月。

丙　　激情飞扬。

乙　　同舟共济。

甲　　聚沙成塔。

合　　我们愿为振兴太仓港建功立业献力量!

　　　〔众女青年伴舞。

　　　(唱《请到天涯海角来》曲调)

　　　　　请到太仓地税来,

　　　　　这里四季春常在,

　　　　　地税连着你和我,

　　　　　文明窗口笑颜开。

　　　　　天道酬勤图自强,

　　　　　托起腾飞高歌赞。

　　　　　建功立业太仓港,

　　　　　前程似锦更灿烂。

　　　　　啦呀……啦呀,

　　　　　前程似锦更灿烂。

(于 2009 年为太仓市地税局文艺专场专题创作)

# 03

| 小小说 |

४०

सन्दर्भ

小小说

# 筑四方

琼为异国侨胞,因文革阻挠,与家人间断音信。琼节衣缩食,发奋图业。国门开启,琼携款及大量物品回国探亲,叙说离别之苦,相思之情,与家人相拥而泣,情景令观者亦泪眼汪汪。

牵亲带眷探望者络绎不绝,沾光者由此穿金戴银当不作细说,异姓非故者亦纷至沓来,咨国外之生活,询异城之富足,感憾已生不逢时,投错娘胎,央琼择机能助其移外疆,拾金享富才是不枉此生,琼笑而置之。更有甚者仰着以待不舍离去,琼亦以实物相赠,旁人谓琼:"够人情味!"

琼在国外闲暇亦喜消遣,探亲未满整月,逐令家人相伴共筑四方城。端坐城墙凝神聚目,语意独理,与平时判若两人,先是调兵遣将,跃跃欲试然不入目者观战也得离台三尺,且只能喘气,不得参议,偶有小孩啼哭,也必遭期呵斥而逃之夭夭。参与者更是谨慎小心,畏其责骂。吸烟者强忍烟瘾,恐琼说其呛得她涕泪俱淋。感冒者强止咳嗽,惧琼说其引起她呼吸传染……真有伴君如伴虎之味。一周后,家人这个说工作缠身,那个说身体不适,竟无一人恋战。

琼逐向外拓展招聘,小 A、小 D 和小 E 有幸入围,交战未过三回,三人皆已心存戒备,先是小 D 出牌报牌名太响,琼责其:"何故这般,谁人不长眼?人吓人要吓煞人!"小 D 吞声。小 E 专致投入,凡思索有两腿轻抖之习,琼观状责其:"何故这般骨头轻?"轮到小 A 抓牌,扭动身体头稍偏,琼问:"为何欲看吾之底牌?"孰料小 A 个性亦强,回一句:"目光只可直视,岂可绕弯而视他人。"琼火起:"目无尊长,汝子不可教也!"责备之声不绝于耳,小 A 据理力争,终不欢而散。

既不成,琼又对外宣称:"凡参与者,如输者吾贴一半。"坐等三日,无人光顾,琼又甩一句:"凡作伴者,输者皆吾贴。"然数月竟无一人涉足。

琼佯惑,问家人,家人直言:"外界论尔施金大方,然牌性古怪,不可近之。"

琼闻言曰:"成事者应能屈能伸,且不分地域,国外谋生之凄风苦雨尔等何以知晓?耐劳苦不懈怠,忍辱骂陪笑颜,得分银谈何容易!然日前尔等为几句碎语怏怏不乐,既如此又何以适应域外生活?"逐大笑。

(1995 年结集出版于《那片竹林那片雨》)

小小说

# 傻子阿炳

　　阿炳从小就没了爹娘,苦水里泡大的。最惨的是爹娘又给了他个榆木脑袋,憨头憨脑的,二十好几了还是目不识丁。你问他:"阿炳,你几岁啦?"他回答:"跟隔壁的阿二一样大。""阿二几岁了?"他就对着你傻笑:"你去问他。"

　　俗话说:呆人有呆福。就在阿炳心里直发痒痒的岁数竟然娶进了媳妇,破扫帚相配破簸箕,媳妇自然也不是什么乖巧玲珑的料,可不管咋说,也总算是有了一个不算完美尚算完整的家了。

　　转眼结婚三年了,可就是不见那女的肚子隆起来,就有好心人问阿炳:"你那男人活干得咋样了,要不要我教你?"言毕,引来了周围一阵阵惬意的笑声。阿炳虽呆,可每每这时倒也懂得难为情,面孔涨得像只生蛋鸡,无声地走开了。在旁人的笑声中五年过去了,阿炳女人的肚子还是不见有什么变化。催促声中阿炳进了医院,医生结论是:男根损伤,生育无望。这下人们才想起了以前确实有这么回事,有人跟阿炳打赌,挑起一担五百斤重的大豆走一百米奖励一碗红烧肉。在围观人的喝彩声中,阿炳真的不可思议地挑了起来,就有人撩他的脚,阿炳趴下了,要害部位撞上了地上的石块,还流了血,然后围观的人就喝倒彩:"这傻蛋,还嫩了点。"

　　阿炳傻出了名,因为出了名,镇上办福利厂他倒第一个排上了号。卷着裤腿进厂当了工人,灵巧的活阿炳干不了,可他有的是力气,装车卸货的粗活干得倒还算自如。就在阿炳进厂的第二年,上级要到厂里来检查工作,听说还是市里的重要人物,为迎接头头脑脑的到来,全厂上下忙乎了好一阵子,厂里专门派人到外地采购了野生鳖等山珍海味。厨房缺人手,阿炳因为是闲杂工,厂领导就安排他去帮忙。中途厨师出去小解关照阿炳,煮鳖的锅里添点柴火,等出菜的时候,厨师掀开锅盖才发现,鳖锅里塞满了柴灰。恼怒之下领导严厉地对阿炳数落了一顿,可阿炳还顶牛劲:"是厨师让我在锅里添柴火的,要怪就怪他!"领导们野生鳖是吃不成了,结果反让阿炳给独吞了,美美地饱餐了一顿。

厂里不需要这样的傻子,阿炳自然是只有回家的份。

在家的日子阿炳种菜卖菜倒也清闲自在。忽有一日,闻见阿炳家鞭炮齐鸣,经久不息,人们从四面八方涌向阿炳家看个究竟。

"阿炳,是不是你媳妇有喜了?"

"比媳妇有喜更开心。"阿炳喜滋滋的。

"啥事?"

"香港今天回家了。"

围观的人一哄而散:"这傻子,真是傻到家了!"

(作于 1997 年,2006 年发表于《太仓日报》)

小小说

# 卖关子

　　除了事业之外,能让勤每天在梦中笑出声的那是他心爱的梅了。若不是单位里的工作脱不了身,要勤和梅暂时别离,让梅在家独守洞房,就是脚镣手铐也奈何不了勤。前些时梅来信说她就快要生了,勤想到不久他将要成为孩子的父亲更是兴奋不已。近八个月了,想到梅,勤真是度日如年。

　　就在勤准备回家探亲的前一天晚上,亮来了,亮是勤的堂兄,这几年跑供销发了,这次亮出差住在旅馆里闲来无事想起堂弟,不免前去拜访一下。

　　有客得招待,勤不会饮酒,只会斟酒,亮也不推辞,就这么一杯接一杯地往肚里灌,亮很健谈,天南地北,海阔天空。可勤没有心思听这些,他关心的是梅。

　　趁隙,勤问:"我家梅可好?"

　　亮似恍然大悟:"差点忘了,你家梅三天前生了,生了个胖男孩。"

　　"真的?可预产期还没到啊?"勤乐不可支地为亮斟满酒。

　　"自家兄弟咋会骗你,恭喜你了。"亮举杯,话完酒干,"我说兄弟,你是生了个省力儿子呀。"

　　"什么?什么生了个省力儿子?"听了亮的话勤顿生狐疑。

　　"我说你生了个省力儿子就是生了个省力儿子,"亮诡秘地朝勤一笑:"难道你到现在还不觉得你是个省力的父亲吗?"

　　"你这话到底是什么意思?"勤焦躁的内心似擂鼓。

　　"不用多问了,你不承认,回家问……问你家梅去。"卖关子是亮这几年跑供销练就出来的本事,何况亮现在的酒意正浓,勤的情态他毫无察觉。

　　"省力父亲?"勤是灵敏度极高的内向型人,当然能理解其中的含义,再问下去不是自己更没面子吗?"怪不得预产期未到就生了,原来你……"此时此刻勤的内心在滴血,亮后来的言语勤什么也没听见,亮什么时候离去的勤也不记得。

勤回家了,梅盼来了一个眼中喷火的丈夫,没有言语,屋前燃起了一堆熊熊烈火,烈火里是勤和梅的结婚照、衣服和曾经垫着他俩同入美梦的一对鸳鸯枕头。

梅莫明其妙,万分委屈,泪人似的抱着未满月的儿子走了,没法不走。

亮出差回来了,听人说勤疯了,他大惑不解,前几天还是好好的怎么会? 亮去看望勤,可勤却不停地喊:省力儿子,我不要! 这次亮没喝酒,他发觉是自己惹的祸连忙劝道:"兄弟啊,我是跟你卖个关子,你家梅多好,你在外工作没机会照顾身孕的妻子,你不就是生了个省力的儿子么,怎么你会往牛角尖里去想呢?"

任亮怎么解释,勤心头的一层阴影怎么也不能抹去。

勤后来是以扎花圈为生的,据说,他扎的花圈很美,似彩虹。

(1996 年发表于苏州《百花园》)

# 厨师何大

　　何大其实个儿并不大，生的既矮又小，却小巧玲珑。俗话说：刀小只要快，人小只要乖。何大没念过书，但无师自通的烹饪技术犹如其人，经他调理的菜肴是色香味俱佳，尤其是他制作的冷盘，采用南瓜、萝卜等辅料，手中的小刀上下翻飞，三下五下，红红绿绿的凤凰、月季花等装饰品就会栩栩如生地跃然盆中，让人垂涎欲滴又不忍搅局。故何大称得上是一位出色的民间艺人。何大的技术高，故名气也响，方圆几十里无论哪家婚丧喜事，何大不到，酒席就会显得逊色。

　　何大生活在清朝那个扎长辫的时代，虽然他家境不富，但凭自己的手艺，走东街、串西巷，常常酒足饭饱。可偏偏何大心底不平，喜欢贪点小便宜，每每遇到酒宴结束，他还免不了顺手牵羊，怀里再揣上只把鸡，拿点糕点什么的，东家又不好意思说，久而久之，何大也就沾沾自喜，习以为常了。回到家中一边看着婆娘狼吞虎咽撕扯着他带回的食物，一边夸自己有本事，那是何大一天中最惬意的时候了。

　　这一天，邻村又有一户人家办事了，这家人家办的不是喜事，是丧事，听说死者是位少妇，为了琐事想不开悬梁自尽了，家人是悲痛欲绝。何大如约而至。在这一行中，何大是师傅级了，像立灶烧菜这样的重活自然是用不上何大了，他只需做一些轻松精细的活，如配制冷盆什么的，口中觉得淡了还可以顺手将荤的素的往嘴里送。伙计们都佩服何大的手脚麻利，唯一看不惯的就是他手脚的"不干净"。今天这样悲伤的场面，伙计们都注视算计着，看他是否还会不改以往？

　　一眨眼，在哭天喊地声中葬礼结束，夜幕降临。收工在即，和往常一样，何大窥视四周，看着桌面上收下的残羹剩汤，不由皱起了眉头，看来今天要空手而归了。想着婆娘在家翘首期待，何大内心不免觉得落寞。猛然间，他眼前一亮，在灶的一角，盘子里分明放着一只整鸡、一条鱼、肉丝、油豆角等，满满的一盘，那是刚从灵台上端下的祭品。眼观四方,何大解下围兜,装着收拾厨具,迅速将那只囫囵鸡和鱼卷入围兜中。

四月,水乡的夜晚,雾色浓重。何大酒意酣畅打着饱嗝哼着小曲打道回家。空旷的黑夜里,阵阵冷风拂面而来,何大感到丝丝凉意。突然,他觉得身后有"哗嚓哗嚓"的声响,他停下脚步,声音暂息,向前迈步,后面又传出"哗嚓哗嚓"的声音。不对!现在是清明时节,难道果真鬼要缠身?何大不禁打了冷战。他回头张望,雾夜中猛然间发现后面隐约有个黑影,想起白天的吊死鬼,何大全身顿时长起了鸡皮疙瘩。

"不要跟着我,我知道你死得冤,我、我给你吃的。"何大打开围兜,将一条鱼丢在路边。

何大加快了脚步,可他越是走快,身后的声音越响。"我没做坏事,就拿了点吃的。"何大头皮发麻,舌头都大了。他胆怯地往后看,隐隐约约那个黑影还在后面,他停,黑影也停,他走,黑影也跟着移动。

"饶了我吧,这鸡给你,还有……"何大上下摸索,"还有这工钱,我、我也给你……"什么都不要了,甚至连围兜包裹的厨具都一起扔到了路边。

风声鹤唳,何大一路狂奔。

"快开门,快开门!"何大到家敲门似擂鼓。

"咋的啦?这么风风火火的。"婆娘开门,见何大脸色煞白,吓了一跳。"你今晚怎么空手而归呀?"

"命捡回来已经不错了!"何大将路上的遭遇语无伦次地给婆娘叙述了一遍。

"还有这等事?"婆娘将信将疑地打量着失魂落魄的何大。忽然,她指着何大辫梢上扎住的两片笋壳,"这是什么?"

"这是……"看着两片硬乎乎的笋壳,联想起那个隐隐约约的身影,何大目瞪口呆,今晚碰到的不是"赤佬",而是活鬼。

第二天早上,忽见门口放着自己的围兜和厨具,还有一文不少的工钱,何大什么都明白了,什么是该得的?什么又是不该得的?

从此,到任何一个地方何大都谨记手脚干净,四邻八方都信任他,找他下厨的人家更多了。

（创作于 2000 年）

小小说

# 评 审

　　一年一度的机关工作人员考核评审又拉开了帷幕,不用多议,主审官自然是连续两年负责这项工作的镇党委何副书记。

　　何副书记在这个岗位上干了已经八年多了。他这人用上级的话说是办事踏实、严谨,用下级的话说是八面玲珑、善解人意。要不是学历和背景欠了点火候,早就提了。

　　在前几次的评审中,考核小组在何副书记的带领下,工作比较顺畅,对每个被考核人都做出了称职的评定。用何副书记的话说,这叫皆大欢喜。根据全年工作实绩和下面各部门报送的评审材料,考核小组还评出了五位成绩较为突出的优秀等级。可就是这些被评为优秀等级的人员让何副书记着实犯难了。

　　这是第三个年头的评审了,按规定,如果谁能连续三届被评为优秀,那么工资单上将能增添一级工资,虽说数目不大,可这会影响到以后的工资调整,并且荣誉是无价的。而市里下拨的指标是,作为一个地方这样的典型名额只有一个。可偏偏在这五个优秀等级中就有两个已经是连续第三次评上了。为此,镇党委一把手袁书记也再三关照在未张榜公布前要"慎行",何副书记心领神会。

　　在何副书记的记忆中,为了这个优秀等级的评定,考核小组这次是第五次会议了。张榜在即,时间不等人,这是何副书记决定为此召开的最后一次会议了。和前几次一样,案头上放着两位已经连续两年被评为优秀等级的人员,一位是农业公司的经理,另一位则是土地所的所长。

　　按照会议的惯例,首先是何副书记作开场引言:"同志们,这次评审工作的重要性相信大家都已领会了,主要是为了激励先进,鞭笞后进,从而激发起我们机关工作人员的工作热情。党委袁书记对这次评审工作非常重视,一再叮嘱我们在评审过程中,一定要以强烈的社会责任感和历史使命感,用实事求是的态度,慎重对待好这次评审工作。现在,我们要对前几次讨论过的前两年已经评上优秀的两位同志作最后复议,接下来请在座的推荐发言吧。"

室内一时沉寂,五个人的评审小组弥漫在烟雾里,只有不时传出有人被烟呛得咳嗽声。时间在一分一秒中流淌着。何副书记显得有点不耐烦了:"大家说说吧,咋不作声呀?老许,你带个头,发表发表吧!"

"咳,咳!"看似年长的老许干咳两声,慢条斯理地开了腔,"要我说,这次优秀等级的名额就给土地所的所长吧,他在这个岗位上兢兢业业干了二十几年了,而且年年是先进,明年将要退休了,给他加一级工资也是他最后一次机会了。以后……"

"我看老许你的说法只合情不合理!"年轻一点的小张接过了话闸,"依我看,农业公司的经理虽然年轻,但这几年科研成果一项接一项,前不久在省里行业论文又得了一等奖,是全市挂了名的科技标兵,为镇里赢得了很多荣誉,给他冠以其名才最合适。"

"农业公司的经理是年轻有为,但以后机会多的是,总得先轮到老同志吧?"一向温和的老许这时倒也不甘示弱。

"优秀就得体现典型,而不是排辈论次!"

"年轻人应该发扬风格!"

"年长的应发挥表率,不能倚老卖老!"

"尊重老者,老同志总得照顾吧?"

"评优不是施舍!"

唇枪舌剑,各不相让。小会议室一时间热闹起来。

"你们俩别争了,其他两位也说说吧。"关键时刻何副书记还是压得住阵脚的。

"太太平平,评什么评?皆大欢喜不好吗?"

"就是嘛,我们是不是应该把复杂的事情做简单喽?"

何副书记微微地点点头:"我看我们还是民主投票吧,超过半数的,当选!"

五个人五张票,投票结果,三票弃权,农业公司经理和土地所所长各得一票,均未超过半数。

看着投票评选的结果,何副书记长长地舒了口气:"谁当选都棘手啊!我看在座各位是识大体、顾大局的。"

一年一度的机关工作人员评审工作顺利结束了,宁缺毋滥,今年的等级评定就评出了三位优秀。在党委会上,一把手袁书记对何副书记的这次专项工作又给予了充分的肯定。

(写于 1998 年)

## 小小说

# 夕　阳

两个星期的远差，我带着成果和疲惫回到乡里。

和往常出差回来一样，我总得要往皮匠摊去逗留一下，让"小皮匠"检修一下我出差日行夜走的皮鞋，虽已成了大款，但这个习惯对我来说始终改变不了。

不知是什么时候人们开始称他为"小皮匠"。其实他八十多岁的高龄足以让我恭恭敬敬地叫他一声"大老爷"。只听上了年纪的人说，他在新中国成立前就操起了修钉鞋子这个行当，因为他身体长得瘦小且又有些佝偻，故而人家称其"小皮匠"。久而久之，人们已不知他姓啥叫啥，只不过年轻的则亲切地称他一声"皮匠公公"。

"小皮匠"人缘极好，从没听说过他跟谁吵过架。上他的鞋摊修理收费极低，只需花二三毛钱就能使你称心而归，有时人家零钱没有，他干脆说声："算了，反正我这是小活计。"因而人家都愿意去促成他的"生意"。

我家离他的皮匠摊很近，故而接触的机会很多。记得小时候我经常到他的皮匠摊去转悠，那是因为除了跟他逗趣外，每次叫他一声"皮匠公公"他都会大方地塞给我一粒小糖吃。他爱开玩笑，你叫他一声"皮匠公公"，他总是乐呵呵地回道："嗳——，弟弟（妹妹）。啊呀，你拎的篮子底下有鸡屎。"然后你将篮子倒过来，东西洒了一地时，他会哈哈大笑，让你啼笑皆非。

……

走近我闭着眼也能摸到的皮匠摊，眼前只有熟悉的工具箱，却不见其人影。一打听，才知他病了，而且病得不轻。

我出差的前几天还听说他为吃上菜汁青团子，独自拄着拐杖往返二十里上城里去买，好好的咋病了？也许是为小时候那几粒小糖的情分，驱使我得去看看他。

眼前的他,那纵横交错的"电车路",干枯的躯体使其更显苍老。"小皮匠"显得更小,更不起眼了。

"就差六十六元了,没想到,'杀千刀'真该死……"走近病榻,只听见他在喃喃自语,声音很微弱,看来生命对他来说已涉足边缘。

见到我的到来,他竟拉着我的手哑然痛哭,那惨样让人眼泪在眼珠里直打转。

"三千元就差六十六元了,这是我要为死去的老伴买墓地的钱啊!可现在……柜子空了,没机会了……'杀千刀',天打雷劈啊!"

捏着他颤抖不停的手,我心里真有一股说不出的苦涩。二千九百三十四元,那是他一分一毛一辈子积聚起来的血汗钱啊!三千元是他奋斗的目标,也是他生活的精神支柱,可世上竟有这样的坏种会去想那滴血的钱!

"这三千元你拿着吧。"不要说慷慨,三千元对如今的我来说的确是犹如小菜一碟。

"不!这不是我自己挣的钱。"那坚定的语调让人无可置疑。

望着他垂危苍老的脸,我骇然。

举头遥望,夕阳缓缓西下。虽然,夕阳的余晖没有似如日中天地让人耀眼,但此时在我看来,它仍是那样的绚丽多彩,光芒照人。

(作于 1994 年)

小小说

# 有阳光就会开满鲜花

豆豆茫然地环视着这座繁华喧嚣的城市,漫无目标地走在路边铺满鲜花的林荫道上。

在豆豆的记忆中,他随妈妈来到这个城市已有五年零三个月了。为了给爸爸治病和供他上学,妈妈除了每天为五、六家做钟点工之外,闲来还要去捡破烂换成零钱补贴家用,可再怎么着,看着拮据的家境和病情不见好转的爸爸,妈妈时常会暗自流泪。

豆豆觉得自己很不幸,同样是在外来民工子弟学校读书,其他同学的穿着都很光鲜,唯有他身上穿的都是妈妈从外面拣回的,不是小就是大,更不要说时尚了,穿在身上一点都不得体。最让豆豆沮丧的是脚上的这双鞋,因为学校要开运动会,他几次提出要买运动鞋,妈妈不知从哪里弄回来一双,还说是名牌,既旧又不合脚,穿在脚上豆豆感觉实在太害臊丢人了,他隐约感到同学们在背后嘲笑地太囧了。

林荫道很僻静,蜿蜒曲折伸向远方,虽然鸟语花香,可豆豆一点都没心思去领略欣赏,他觉得周围一切的美好并不属于自己,内心充彻的是压抑和惆怅。豆豆瞒着母亲已经两天没上学了,他不想让同学们蔑视他。

"嗨,你好。"豆豆循声望去,见一位与他年龄相仿的少年坐在绿荫下的长椅上向他打招呼。"能过来坐坐和我说说话吗?"没等豆豆反应过来少年接着说。

豆豆矜持地上前靠近少年,让他不由自主向前挪动的原因是要看一看面前这位少年挺括的运动短装,尤其是穿在少年脚上的那双运动鞋,白色的鞋面上镶着紫色的线条,鞋底厚厚的,看似很柔软又富有弹性,就连那打着蝴蝶结的鞋带也格外显得炯炯有神，最醒目的要数鞋帮上那个带"√"型的图案了，这个豆豆也知道，是世界名牌"耐克"的标记。再看看自己脚上的鞋，灰头土脸，软波啦叽的，最显眼的鞋尖的裂缝如张开嘴的蛤蟆。两双鞋凑在一起犹如白天鹅和丑小鸭，天壤之别让豆豆自惭形秽，无地自容。

"这鞋穿在脚上一定很舒适吧？能让我摸摸吗？"豆豆目不转睛地盯着少年的双脚，一脸的羡慕。

"你随便摸吧。"少年倒也坦然。豆豆俯下身去，小心轻柔地抚摸着少年的"耐克"，似摸到一件稀世珍宝。"这鞋要多少钱呀？"

"便宜，也就一千多元吧。"有钱人就是说的轻巧。"你吃巧克力吗？这是我爸从比利时带回的全世界最好的巧克力。"少年的语气中透着一丝炫耀。

"不！我不吃，还是你自己吃吧。"豆豆不由自主地咽了一口口水。

"那我们来玩游戏机吧。喏，这个平板电脑里的游戏可多了，有接龙、大鱼吃小鱼、愤怒的小鸟，还有斗地主、侠盗飞车……"少年滔滔不绝，如数家珍。

豆豆端倪着少年，眼神中满是疑惑和嫉妒，他怎么也不觉得眼前的这位少年比自己长得特殊，他纳闷了：同样生长在这片蓝天下，为什么老天赋予眼前这位陌生的同龄人这么多？而自己却生在那么一个窘迫的家庭，老天为什么唯独这么不眷顾我呢？

"壮壮，时间不早了，妈妈来接你了。"远处奔来的中年妇女的喊声打断了豆豆的思绪。

"我要和这位小伙伴玩，再待会儿吧。"显然，少年很不愿离去。

"时间不早了，我们明天再来。"中年妇女拿出靠在长椅上折叠手推轮椅，打开，然后小心翼翼地将少年抱入轮椅。

一旁的豆豆凝神注视着眼前俩人的举动。刚才因为视线没离开过少年，没注意到靠在长椅边上的轮椅，"阿姨，他的腿……"

"十岁的时候，过马路让车压了，下肢瘫了。"

"瘫了？"豆豆一脸的惊愕，脑海中一片迷茫。

"我们回家了，明天你还能来这里陪我玩吗？"

"明天……我……"豆豆很木讷，目送轮椅消失在林荫道的尽头。

就在这一刻，豆豆似一下子长大了，懵懵懂懂了人生福祸相倚的道理。他觉得自己比刚才的那个少年要强大，拥有的更多，至少他可以活蹦乱跳。他顿感妈妈这么多年一路走来是多么的艰辛，现在虽然家境不好，但穷并不代表不幸福!

　　缕缕阳光透过树隙折射在林荫道上,也盈满了豆豆年少的脸庞。看着路边的花团锦簇,豆豆明白,只要有阳光,无论风吹雨打,心田总会开满鲜花!

(2015 年创作)

# 04

## 歌词

# 梦里家园

我有一个梦，一个美丽的梦，
弇山新语人传诵。
江南丝竹传妙音，
月季飘香分外红。
闻鸡起舞绽笑颜，
幸福家庭乐无穷。
好梦太仓，太仓好梦，
田园城市，春光融融，
梦里家园，人间天堂，
娄江人家点缀在画中。

我有一个梦，一个美丽的梦，
传奇神话人称颂。
湖水清澈碧连天，
水墨江南春潮涌。
富民兴邦扬风帆，
巨轮穿梭气如虹。
好梦太仓，太仓好梦，
前程似锦，繁花丛丛，
梦里家园，桃花源中，
江海明珠闪耀着光荣。

（作品获 2015 年中共太仓市委宣传部"中国梦·太仓梦·我的梦"征文一等奖）

# 美丽金太仓

滔滔江海涌来潮汐，
悠悠娄东蓬勃翠绿。
千年古城描绘新画卷
理想家园辉映在阳光里。
人间天堂芬芳绚丽，
娄江人家妩媚旖旎。
天下粮仓梦里水乡，
美丽金太仓日新月异。

田野和城市相映相依，
生活和生态相融相宜。
人与自然和谐新天地，
田园城市沐浴在春风里。
勤劳儿女同心协力，
水墨故乡文明富裕。
天下良港海纳百川，
美丽金太仓幸福甜蜜。

（太仓电视台循环播放主题曲，作于 2013 年）

# 心 声

你是阳光我是苗，
一二三四你手把手地教，
寒来暑往苦心培育，
培育四有新人把心操。
我们好好学习天天向上，
决心德智体美全面提高，
啊，敬爱的老师，
无论何时何地我们牢记，
我们牢记你殷切的教导。

你是花圃我是苗，
ABCD 我们刻苦学好，
春来冬去奋力攀登，
攀登在知识的山峰上。
我们好好学习天天向上，
长大要把现代化建设重担挑，
啊，亲爱的母校，
无论走到哪里我们不忘，
我们不忘你温暖的怀抱。

我们好好学习天天向上，
长大要把现代化建设重担挑，
啊，亲爱的母校，
无论走到哪里我们不忘，
我们不忘你温暖的怀抱。


（太仓新毛中心小学校歌，作于 1995 年）

# 月季花开

你有天生丽质的容颜,
在春天里绽放笑脸。
红胜霞,白似雪,
金色的花瓣就像燃烧的火焰。

你有顽强不屈的短剑,
在风雨中昂首向前。
心无畏,情更坚,
泥泞的日子也能争奇斗艳。

啊,月季,不老的天仙,
蜂儿伴奏,蝶舞翩翩。
枝繁叶茂,青春焕发,
有你的四季精彩无限。

啊,月季,岁月的诗篇,
芬芳吐蕊,风流尽显。
美丽长新,怒放生命,
优雅的品格享誉人间。

(作于2015年)

# 爱你,在太仓

走过美丽金仓源的旖旎,
循着江南丝竹的旋律,
在江海交融的港湾里,
在田园城市的意境里,
你月季花香飘逸,
我情思绵绵一心热恋着你。
走遍天涯我只爱你,
眼前浮现美好的回忆,
捧一束鲜花献给你,
我芬芳的情意。
爱你爱你,在太仓,
我无法把你忘记。

踏着沙溪古镇的足迹,
走进弇山园林的美丽,
在七下西洋的起锚地,
在娄东书画的水墨里,
你浩渺悠远绚丽,
我无怨无悔一生钟情着你。
走遍天涯我只爱你,
心中荡起幸福的涟漪,
唱一支心曲献给你,

我珍藏的甜蜜。
爱你爱你,在太仓,
你永远在我心里。
爱你爱你,在太仓,
你永远永远在我心里。

（创作于 2013 年）

# 太仓,创业者的乐园

清清娄水滋润了美丽家园,
团结奋进铭记在我们心间,
一番番创业激情勃发升腾,
一个个创业故事精彩呈现。
啊——
太仓,创业者的乐园,
你携手无数勇士来创业。
从无到有,享受成功,
绽放张张和谐的笑脸。

悠悠文化孕育了千年文明,
务实创新描绘出新的天地,
一朵朵文明之花争芳吐艳,
一处处繁荣景象歌舞翩跹,
啊——
太仓,创业者的乐园,
你描绘美丽画卷来展现。
融入世界,实现梦想,
绣出幅幅崭新的春天。

(2008 年第四届"娄东之春"艺术节主题曲)

# 电站村,我可爱的家园

杨林塘的清风,

吹绿了秀美的家乡,

挂满翠玉的葡萄架下,

丰收的欢歌荡漾。

改革春雨催生了奋发的豪放,

蓬勃生机的创业园里,

奔腾的旋律奏响。

啊,电站村,我可爱的家园

电站村,我可爱的家园,

生活在这里多么欢畅,

为你奋斗为你奉献,

用智慧托起希望。

杨林塘的清风,

吹绿了秀美的家乡,

挂满翠玉的葡萄架下,

丰收的欢歌荡漾。

文明新花开满了温馨的村庄,

每一张喜悦的笑脸,

和谐的灿烂绽放。

啊,电站村,我可爱的家园
电站村,我可爱的家园,
生活在这里多么欢畅,
为你奋斗为你奉献,
用智慧托起希望。

（2006 年为电站村所作村歌）

# 月光交响

月光似水,洒落无垠的大地,
儿时的月色多么难忘。
父母月下嫦娥讲,
伙伴谷场捉迷藏,
忙收获身影朦胧,
泛渔舟捕鱼撒网。
萤火点点,水光溶溶,
蛙鼓虫鸣鸡啼唱,
人与自然相融合,
好一首月下交响。

月光如歌,舒展欢跃的旋律,
家乡的月色心间流淌。
月下公寓披银纱,
车水人流行匆忙,
舞黄昏树影婆娑,
抒豪情粉墨登场。
灯火盏盏,高楼憧憧,
霓虹闪烁月光芒。
人与城市相辉映,
又一首月下交响。

哦,家乡的月光,
守护着我们最初的梦想。
哦,家乡的月光,
陪伴着我们走进时代的篇章!

（作于 2015 年）

# 东方之仓

陈永明　周祖良词

长江在这里留下万里芬芳，
大海在这里找到梦的天堂，
春深渔汛长，
秋满稻谷黄，
鱼米丰饶铸就我的东方之仓。
啊，你是我的东方之仓，
你的崛起是国富民强。
这里有我爱的珍藏，
画卷里飘出今天的时光。
这里有我爱的珍藏，
画卷里飘出今天的时光。

船下西洋牵出你丝绸万丈，
大海在这里找到天下良港。
月光涨潮急，
阳光涌浪忙，
日月争辉融入我的金色之仓。
啊，你是我的东方之仓，
你的美丽让世界分享。

这里有我情的奔放，

歌声里开启明天的远航。

这里有我情的奔放，

歌声里开启明天的远航。

（太仓电视台循环播放主题曲，作于 2011 年）

# 托起梦想

你汇聚从充满生机的大地上，
把万家灯火点亮。
你舒展着隐形的翅膀，
带着花朵的芳香。
你让大地变得如诗如画，
绿草如茵荡漾无边的春光。
啊，五月风，
清新又悠扬，
心灵在你的吹拂下涤荡，
洋溢笑脸，绽放灿烂，
把真情播撒七彩的希望。

我们相聚在充满诗意的季节里，
将美妙音符奏响。
我们徜徉在五月的风中，
传颂劳动者的风尚。
田园城市处处莺歌燕舞，
娄东大地铺满和煦的阳光。

啊,五月风,

温馨又舒爽,

人们在你的感召下昂扬,

愉悦身心,展现魅力,

用歌声托起美丽的梦想。

(太仓市总工会"五月风"艺术团之歌,作于 2015 年 5 月)

# 后　记

　　时光在不经意中静静地流逝,掀开记事的五味瓶,个中滋味在心中不断涌动,往事如烟,却又历历在目。参加文化工作三十五个年头,从学戏唱戏到编戏导戏;从搞"多业助文"到策划大型文化活动;从一名文化学员到群文管理者。风风雨雨,坎坎坷坷,一路摸爬,一路前行,其中有艰辛、有困惑,但更多的是收获与欣慰。

　　作为一名合格的群众文化工作者,应该是万金油,具备杂家的本领,这就需要在实践中去不断地学习,学习,再学习。我于七十年代进太仓县艺训班就学,八十年代初入苏州地区戏校进修,再于一九八六年考入江苏省文化干部学校,使我对各个艺术门类都得到了较为全面的学习,造就了我的兴趣除了戏剧之外,对曲艺、小说、歌赋,还有美术、书法、摄影等艺术的创作也都能略展身手。有人要问什么是幸福? 我的回答是:如果能将自己的喜爱同工作结合起来,这就是幸福! 爱好成就事业,就凭这一点我想我是幸运的。

　　在我创作的作品中,一部分是描绘美丽家乡的片片花絮,这完全缘由我对一方水土挚深的眷恋和情愫,而其他的大部分文艺作品基本上都没有游离对人与社会起码应具备的良心与良知的呼唤,以及如何知恩感恩的心路描述。因为我觉得人心向善,每个人都应该懂得感恩,一个不懂得感恩的人即使腰缠万贯,也是贫穷的。我崇尚"真善美",希望人与人之间能和睦、友善;我热爱火热的生活,希望大地铺满阳光。愿我的这些作品能让您内心如大雪覆盖下的细小春芽,孕育萌动;又如大雪化作的春水,润物无声。

　　一路走来,我得到了很多贵人的相助。感谢唐彦老师,他与我亦师亦友,是他让我从理论到实践,启迪了我的戏剧创作;感谢陆伦章、陈明等专家老师长期以来的不吝指点;感谢所有在风雨中为我打伞、鼓劲的领导和同仁。

　　我不是专业作家,结集出版也谈不上以飨读者,只看作是一次回眸,一个节点。由于自己水平有限,许多作品中难免有不少的瑕疵,敬请大家批评指正!

　　好男儿涛头立,手把红旗旗不湿。今后我将继续加强学习,深入生活,笔耕不辍,创作出更多有灵气、接地气的作品。

陈永明

2016 年 3 月 22 日于太仓